J.B. LIVINGSTONE

LA JEUNE FILLE ET LA MORT

Dossiers de Scotland Yard

ÉDITIONS DU ROCHER
Jean-Paul Bertrand
Éditeur

ISBN 2 268 01495 9

Hélas ! par quelle fatalité faut-il que le sentiment du plaisir le plus vif et le plus doux soit lié au malheur le plus accablant !

Je meurs de regrets : mes yeux et mon cœur sont pleins de larmes. Adieu, mon ami. Je n'aurais pas dû vous aimer.

Lettre de Julie de Lespinasse, 1775.

CHAPITRE PREMIER

Sir Langston Caine sortit de l'aile droite du château à minuit. La pluie venait de cesser, mais d'épais nuages noirs cachaient le premier quartier de la lune. Serré contre sa poitrine, un léger fardeau recouvert d'une toile imperméable. Il regarda autour de lui, s'assura que personne ne l'épiait. Lorsqu'il effectuait ce pèlerinage, il développait un sens aigu du danger. Mais qui aurait pu le surprendre, dans le parc de son château ?

La cinquantaine alerte, une belle chevelure noire, un visage fier et allongé évoquaient les princes de la Renaissance flamande. Sir Langston n'était pas seulement un milliardaire envié mais aussi un expert en peinture ancienne et un collectionneur réputé. Rechercher, acquérir, posséder le passionnait au point de dévorer son existence. Il n'accordait d'intérêt qu'aux chefs-d'œuvre du passé, à des artistes dont le génie et la technique ne seraient jamais égalés.

Cette nuit, il se rendait dans son sanctuaire, endroit inconnu de tous, qui n'appartenait qu'à lui seul et à son regard. Le moment de la suprême jouissance approchait. Ce plaisir-là serait unique, personne ne le partagerait.

Une clé spéciale s'enfonça dans la serrure de la lourde porte dissimulée sous le lierre. Un coup de main était nécessaire pour assurer le bon fonctionnement du mécanisme ; Sir Langston le jugeait plus efficace que n'importe quel système électronique. Qui parvenait à ouvrir se trouvait en face d'un amas de pierres. « Souterrain obstrué », pensait-on. En réalité, un formidable trompe-l'œil. Le collectionneur appuya sur un fragment de granit en forme de cube, le rideau métallique peint se souleva : apparut un escalier d'une centaine de marches, datant du Moyen Âge, qui s'enfonçait dans les profondeurs de la terre. De part et d'autre, des lampes s'allumèrent, balisant un chemin de lumière aux reflets orange.

Tenant son joyau avec la tendresse d'une mère pour son enfant, Sir Langston descendit vers le saint des saints. Il savoura chaque pas, chaque marche, chaque minute qui le rapprochaient du but.

Une seconde porte, décorée de la tête des trois Rois Mages. Il tira sur le nez de Balthazar, sur l'oreille droite de Melchior et sur l'oreille gauche de Gaspard. L'obstacle s'effaça en rentrant dans le sol, et la caverne aux trésors s'illumina.

Bien qu'il en connût le moindre recoin, Sir Langston eut le souffle coupé. Fabritius, Maes, Bramer, Rubens, Rembrandt... de quoi remplir une salle des plus prestigieux musées du monde. Le collectionneur savourait les couleurs chaudes, les formes déliées ou rebondies, la pâte charnelle d'une peinture sublime. Mais tout cela n'avait guère de valeur en comparaison du joyau qui, désormais, trônerait au sommet de son paradis.

Un ronronnement lui confirma que le dispositif sophistiqué assurant à la salle souterraine une température et un taux d'hygrométrie constants fonctionnait de manière correcte. Un voyant extérieur, dissimulé dans un chêne creux, lui permettait d'ailleurs de le vérifier.

Il choisit le dernier mur vierge, alluma une lampe douce, ôta le tissu, et accrocha le tableau.

Elle, enfin.

Elle qui lui offrait son visage admirable, presque enfantin, ni surprise ni inquiète, telle une jeune fille découvrant un jardin fleuri pour la première fois. Un turban de soie dorée ornait son front ; à ses oreilles, de lourdes boucles d'argent. Vermeer avait créé sa plus belle œuvre, parce qu'il s'était inspiré d'un modèle si pur, si parfait, que sa jeunesse avait traversé le temps.

Un temps qui n'exista plus dès qu'il la contempla. Dans mille ans, elle serait encore vivante, faisant semblant de tourner la tête pour ne pas être importunée. Depuis que la main géniale de Vermeer l'avait façonnée, la jeune fille au turban n'était-elle pas éternelle ? Peut-être avait-elle pris naissance dans la course d'une biche, dans la caresse du vent chantant dans la forêt, dans les pétales éclatants d'un coquelicot, dans la rosée d'une prairie hollandaise, ou dans un nuage en forme de navire ; le peintre avait saisi les métamorphoses dont elle était porteuse.

Son visage allongé, son teint d'or blanc, ses yeux immenses et son cou gracieux formaient un paysage où Sir Langston se perdait avec ravissement. La perfection était de ce monde et il l'avait acquise, pour son seul bonheur.

Soudain, elle bougea. C'était elle, à présent, qui l'observait. En une promesse de sourire, dans une expression un peu boudeuse, ses lèvres se plissèrent. Elle s'inclina vers lui, nostalgique et moqueuse, jaillissant de son mystère. Heureux et affolé, l'aristocrate ferma les yeux, se frotta les paupières, et osa l'admirer de nouveau.

La jeune fille au turban était d'une beauté que le temps ne ternirait jamais. Ni rides, ni flétrissures, ni vieillissement de sa peau blanche, parcourue d'un frisson de bleu. Elle avait la noblesse sauvage des femmes du désert, elle, la fille d'un navigateur flamand, d'un marchand de tissus ou d'un juge, à moins qu'elle n'ait été adoptée par un bandit de grands chemins. Ne rien savoir sur ses origines, sur sa famille, sur ses occupations, la rendait encore plus attirante. Enfermée dans le tableau, elle était pourtant libre, de cette liberté souveraine et insoumise qu'aucun amoureux ne pourrait conquérir.

Seul le regard d'un connaisseur aurait pu discerner le caractère unique de ce portrait ironique et serein, tendre et cruel. L'existence de Sir Langston avait enfin un sens : l'admirer, se noyer en elle, oublier tout ce qui n'était pas sa beauté.

Le fichu de coton bleu protégeant ses cheveux avait davantage de valeur que la couronne d'une princesse. Les méandres du turban avaient capturé ceux du temps, ceux d'une époque sans voitures, sans téléphone et sans machines plus bruyantes les unes que les autres. Finie l'agitation, terminées les discussions avec des spécialistes, épuisées les controverses techniques... Le voyageur de la peinture avait atteint son havre de paix, le tableau absolu qu'il protégerait avec jalousie afin que des yeux vulgaires ne le salissent pas. Il n'avait rien d'autre à lui proposer que la réclusion et savait qu'elle le comprendrait.

Six heures. Il avait passé six heures en compagnie de la jeune fille au turban, et devait rentrer avant l'aube, avant que son intendante ne s'éveillât. À regret, il éteignit les lumières du sanctuaire et rebroussa chemin. Dans quelques instants, il reprendrait contact avec la réalité extérieure, si laide et si banale.

Même dans l'obscurité, la jeune inconnue continuait à rayonner.

La cloison des Rois Mages sortit du sol et protégea le sanctuaire. Sir Langston monta l'escalier aux cent marches. Comme il se sentait vide et triste sans elle ; comme il serait pénible de jouer son rôle de commerçant de luxe et d'érudit hors pair ! Dans quelques mois, il quitterait ce monde artificiel et s'enfermerait avec la jeune fille au turban.

Un bruit insolite le troubla. Quelqu'un, derrière lui ? Impossible. L'aurait-elle suivi, serait-elle sortie du tableau pour le rejoindre ? Non, ce n'était que l'écho de son propre pas.

La pluie avait cessé. Sir Langston referma la lourde porte, rabattit le lierre et mit la clé dans sa poche. Le turban de coton bleu qui s'enroula autour de sa gorge lui procura d'abord une sensation exquise ; ainsi, elle n'avait pu se passer de lui.

La pression devint douloureuse ; il étouffait. Lorsqu'il voulut se retourner pour la contempler, un étau comprima sa carotide. Aussitôt, il fut pris d'un malaise.

– Je t'en prie… tu m'étrangles.

Lorsqu'il porta les mains à son cou, pour tenter de desserrer l'étreinte, celle-ci s'accentua brutalement. Il suffoqua, se débattit en vain, pris dans un étau impitoyable.

– Pourquoi, mais pourquoi… ?

Sa vue se brouilla, le turban le priva de son dernier souffle. La jeune fille s'était confondue avec la mort.

CHAPITRE II

L'exposition organisée par Sir Langston Caine à la galerie Némésis était, selon la plupart des chroniques, la plus exceptionnelle du siècle. Aucun des membres de l'*establishment* n'avait manqué cette fabuleuse manifestation où, pour la première fois, le collectionneur érudit était parvenu à réunir de fabuleux chefs-d'œuvre. Pour la circonstance, et pour donner satisfaction à l'historien et critique d'art Sir Langston, référence mondiale en matière de peinture flamande et hollandaise des XVIe et XVIIe siècles, l'Alte Pinakothek de Munich, le Louvre de Paris, le Metropolitan de New York, le Rijksmuseum d'Amsterdam, la National Gallery de Washington, la Gemäldegalerie de Dresde, et bien d'autres avaient accepté de prêter des toiles d'une valeur inestimable. La vedette incontestée de l'exposition était le mystérieux Vermeer, ce tavernier qui peignait pour éponger les dettes occasionnées par son estaminet et, ce faisant, était devenu, aux yeux de Sir Langston, le plus grand peintre de tous les temps.

Sa Gracieuse Majesté la reine Élisabeth II avait même consenti à laisser sortir de sa prestigieuse collection *Le Gentilhomme et la dame au virginal**, non sans prévoir un service d'ordre particulier qui doublait celui affecté à la galerie. Le superintendant Marlow veillait sur le trésor de Sa Majesté, la plus belle femme du monde, dont il était éperdument amoureux depuis son accession au trône. Son rêve était d'appartenir un jour au corps de protection rapprochée de la reine : en attendant, il montait bonne garde, bien qu'il déparât un peu la très riche assistance, en raison de son costume mal taillé, de son col de chemise un peu froissé, et d'une cravate mal assortie. Mais Marlow était un bon policier, consciencieux et travailleur ; personne ne volerait Vermeer.

Il y regarda à trois fois lorsqu'il aperçut deux hommes en contemplation devant *Le Gentilhomme et la dame au virginal :* le célèbre commissaire-priseur Malcolm Mac Cullough et l'ex-inspecteur-chef Higgins. La présence du premier s'expliquait aisément, mais le second sortait si rarement de sa thébaïde de *The Slaughterers,* un village du Gloucestershire, où il avait pris sa retraite, que ses apparitions mondaines relevaient du miracle.

Malcolm Mac Cullough était un bon géant écossais, chaleureux et jovial, à l'érudition stupéfiante : des statues égyptiennes à la peinture vénitienne en passant par les vases étrusques, aucun aspect des Beaux-Arts ne lui était étranger. Son seul défaut était de se croire pâtissier et de confectionner des gâteaux que supportaient mal ses invités. Il appartenait au club le plus fermé du Royaume-Uni, le cercle archéologique fondé par Higgins, où il avait rassemblé ses vrais amis qui ne trahissaient jamais le pacte passé entre eux et considéraient le mensonge et le parjure comme le mal absolu.

– Comment allez-vous, mon cher Marlow ?

---

* Instrument de musique à clavier, ancêtre du clavecin.

– Heureux de vous voir, Higgins.
– J'ai réussi à le faire sortir de sa tanière, proclama Mac Cullough, fier de son succès. Aucun problème, superintendant ?
– Aucun. Jamais une exposition n'a été aussi bien surveillée.
– C'est tout de même curieux, observa Higgins.
– Qu'est-ce qui vous inquiète ?
– L'absence du maître de cérémonie, Sir Langston Caine. D'après sa réputation, c'est un homme très ponctuel. Un interlocuteur qui arrive en retard à un rendez-vous, ne fût-ce que d'une minute, n'a aucune chance de le revoir.

Plutôt trapu, de taille moyenne, les cheveux noirs, la lèvre supérieure ornée d'une moustache poivre et sel lissée à la perfection, Higgins portait un costume bleu sombre de chez Stovel and Mason ; d'une élégance naturelle, il ne cherchait ni à éblouir ni à parader, mais avait simplement le goût du beau et du travail fini. L'œil malicieux et inquisiteur, l'ex-inspecteur-chef passait pour être le meilleur nez de Scotland Yard qu'il avait quitté bien avant l'heure pour des raisons de convenance personnelle. Higgins ne transigeait ni avec la rectitude ni avec la parole donnée ; rien ne justifiait, à ses yeux, la tricherie et l'hypocrisie, fussent-elles celles d'une grande administration.
– Les embouteillages sont nombreux, ce soir, indiqua Malcolm Mac Cullough. S'il vient de son château, Sir Langston est peut-être immobilisé par l'un d'eux.
– Ce serait son premier retard officiel, dans des circonstances fâcheuses.
– Peut-être prépare-t-il une entrée théâtrale.

Abandonnant Marlow à sa lourde tâche, Higgins et Mac Cullough admirèrent le *Jésus chez Marthe et Marie,* envoyé par le musée national d'Écosse, que Sir Langston avait fait accompagner d'un extrait du *Sermon sur Marthe* dû à Maître Eckhart, le grand penseur allemand du Moyen Âge. « *Marthe, Marthe, tu te soucies et t'inquiètes pour bien des choses. Une seule est nécessaire.* »

– Énigmatique, jugea le commissaire-priseur.

– Connais-tu Sir Langston ? demanda Higgins.

– J'ai eu l'occasion de bavarder plusieurs fois avec lui.

– Quel type d'homme est-ce ?

– Un personnage bizarre, pétri de contradictions. Excellent historien, critique d'art redoutable, pourfendeur des baudruches et des faux peintres, homme d'affaires intraitable, et rêveur impétinent. Je crois qu'il vendrait son âme pour acquérir un Vermeer inconnu.

– « Une seule chose est nécessaire »... un chef-d'œuvre comme celui que nous contemplons ?

– Peu probable. Tu sais, comme moi, que ses œuvres authentiques et authentifiées sont peu nombreuses.

– Un génie mystérieux, en effet.

– 1632-1675, rappela Mac Cullough, dont la mémoire était prodigieuse. Quarante-trois ans, c'est bien court... et deux tableaux datés : 1656 pour *L'Entremetteuse,* 1668 pour *L'Astronome.* Une existence effacée, et une plongée dans l'oubli jusqu'au XIXe siècle.

– Si Sir Langston aime tant Vermeer, remarqua Higgins, c'est qu'il lui ressemble. Sa vie est aussi secrète et retirée que celle du peintre ; on ne connaît ni ses distractions ni sa famille.

– En ce cas, il doit apprécier les femmes. Vermeer n'a-t-il pas peint *La Laitière, La Dentellière, La Femme au chapeau rouge* et *La Dame en bleu lisant une lettre* ?

– Un homme qui aime et respecte les femmes ne peut qu'attirer notre sympathie.

Mac Cullough approuva d'un franc sourire.

Les deux amis firent quelques pas et s'arrêtèrent devant un autre chef-d'œuvre du même peintre, la *Vue de Delft*, prêté par le Maurtishuis de La Haye. Autour d'eux, des murmures désapprobateurs ; déjà une demi-heure de retard par rapport à l'inauguration officielle de l'exposition ! Le ministre de la Culture et plusieurs ambassadeurs étrangers commençaient à se plaindre de l'indélicatesse de leur hôte.

Higgins admira le célèbre « petit pan de mur jaune », ou plutôt safran, de la Delft du XVIIe siècle, et la qualité surprenante de la matière picturale utilisée, à la fois lisse et grenue. La plupart des artistes contemporains ne savent plus préparer leurs couleurs, qu'ils achètent toutes faites, sans comprendre qu'elles ne traverseront pas les siècles. Par bonheur, pensait l'ex-inspecteur-chef, la majeure partie de la laideur picturale du XXe siècle disparaîtrait en s'écaillant et en tombant des toiles.

Sir Langston avait accompagné la *Vue de Delft* d'un texte de l'écrivain français Marcel Proust : « Tout se passe dans notre vie comme si nous y entrions avec le faix d'obligations contractées dans une vie antérieure ; il n'y a aucune raison dans nos conditions de vie sur cette terre pour que nous nous croyions obligés à faire le bien, à être délicats, même à être polis, ni pour l'artiste athée à ce qu'il se croie obligé de recommencer vingt fois un morceau dont l'admiration qu'il excitera importera peu à son corps mangé des vers, comme le pan de mur jaune que peignit avec tant de science un artiste à jamais inconnu, à peine identifié sous le nom de Vermeer. Toutes ces obligations, qui n'ont pas leur sanction dans la vie présente, semblent appartenir à un monde différent, fondé sur la bonté, le scrupule, le sacrifice, un monde entièrement différent de celui-ci. »

– C'est exactement la pensée de la poétesse

J.B. Harrenlittlewoodrof, observa Higgins, quoique son œuvre soit moins alanguie que celle de Proust.

– Pourquoi cette citation ?

– Vermeer a dû offrir à Sir Langston le vrai sens de sa vie, loin des aléas et des troubles de l'existence dite réelle.

– À t'entendre, on jurerait qu'il dévoile des secrets de son intimité.

– Ne devait-il pas donner une conférence ?

– Si, après l'inauguration et le cocktail.

– Le *Times* a parlé d'une bombe.

– Avec raison ! Sir Langston avait l'intention d'exposer une thèse radicale qui lui aurait valu critiques et inimitiés.

– Une défense et illustration de la peinture hollandaise et flamande, je suppose ?

– Plus encore, l'affirmation de sa suprématie absolue sur toutes les autres formes artistiques, notamment sur la Renaissance italienne, dont il s'est heureusement, d'après lui, tenu à l'écart. Sir Langston déteste les personnages composés et artificiels de Raphaël, sa bête noire, et les mièvreries de ses compatriotes. Depuis trente ans, il publie quantité d'articles pour démontrer l'originalité absolue de Vermeer et des peintres flamands.

Higgins observait un curieux personnage, vêtu d'un rase-pet en cuir, manteau très court du plus mauvais effet, dans une assemblée huppée à souhait.

– Qui est-ce, Malcolm ?

– Un inconnu.

– Il semble très nerveux.

Âgé d'une quarantaine d'années, l'homme portait de grosses lunettes. Sa peau, grasse et mate, manquait d'entretien, de même que sa chevelure grisonnante.

– Sans toi, avoua Mac Cullough, je ne l'aurais pas remarqué ; il possède un peu moins de personnalité qu'un coin de rue de la banlieue de Glasgow sous la pluie, au mois de novembre. Tu restes décidément le meilleur limier de Scotland Yard.

– S'il est entré ici, ne disposait-il pas d'un carton d'invitation ?

– Sans aucun doute.

Au centre de la galerie, le ton monta brusquement. Plusieurs officiels protestèrent auprès de l'épouse de Sir Langston, une fort belle femme brune, plutôt capiteuse, d'une cinquantaine d'années. Le retard de son mari devenait inexcusable et prenait l'allure d'un scandale.

– Les risorius ne vont pas tarder à être en berne, déclara sentencieusement Mac Cullough, faisant allusion aux muscles de la commissure des lèvres qui permettent de sourire, et que certains avaient peints avec précision.

Une jeune Eurasienne, aussi jolie que peut l'être une Asiatique teintée d'Europe, s'adressa à Higgins.

– Pardonnez-moi, monsieur, de vous interpeller ainsi. Sans le vouloir, j'ai entendu une partie de votre conversation. Votre ami disait que vous apparteniez à Scotland Yard.

Higgins sourit, paternel.

– Ex-inspecteur-chef Higgins, donc à la retraite, mademoiselle.

– Mon nom est Ysi Toknow, je suis la fille adoptive de Sir Langston.

– Mes félicitations. Que puis-je pour vous ?

– Me secourir, M. Higgins.

– Quel danger courez-vous ?

– Mon père est mort, révéla-t-elle, et je n'ai sans doute plus longtemps à vivre.

CHAPITRE III

– Surprenante affirmation, mademoiselle.

– Je vous dis la vérité, et j'ai si peur !

D'un mouvement gracieux de tout son corps, la jeune Eurasienne se blottit contre Higgins.

– Emmenez-moi vite loin d'ici, je vous en supplie !

La voix tremblait d'émotion.

– C'est extrêmement délicat. Nous nous connaissons depuis peu, et...

– Avec vous, je serai en sécurité.

Les yeux d'Ysi Toknow furent si attendrissants que l'ex-inspecteur-chef se sentit dans l'obligation d'accomplir une action humanitaire.

– Acceptes-tu de nous conduire à *The Slaughterers*, Malcolm ?

– Tu plaisantes, vieux camarade ? Évidemment !

– Un instant, mademoiselle.

Higgins se dirigea vers Marlow.

– Je suis obligé de partir, superintendant.

– La fête risque de mal finir ; l'absence de Sir Langston est proprement scandaleuse.

– Auriez-vous l'amabilité de jeter un œil attentif sur l'homme au rase-pet en cuir, qui semble incrusté dans le pilier, sur votre gauche ?

Marlow fronça les sourcils.

– Je ne l'avais pas remarqué, celui-là. De quoi le soupçonnez-vous ?

– Pour le moment, de rien. À bientôt, superintendant.

Adepte de la police scientifique et des méthodes d'investigation modernes, Scott Marlow n'appréciait guère les intuitions de Higgins dont le fondement rationnel était souvent discutable. Il tiendrait compte, néanmoins, de son avertissement.

Voyant l'ex-inspecteur-chef sortir de la galerie en compagnie d'une jeune fille superbe à son bras, il songea aux rumeurs qui pourraient courir sur le compte de Higgins. Très attaché à la morale victorienne, qui avait assuré la cohérence et la grandeur de l'Empire, Marlow ne badinait pas sur la décadence des mœurs. Il voulut croire que l'ex-inspecteur-chef se montrait simplement galant.

Après être passé au vestiaire, Higgins s'aperçut qu'Ysi Toknow n'avait pas prévu d'imperméable. Au-dehors, une sérieuse averse succédait à une ondée. Il la pria de se couvrir les épaules avec son Tielocken, le seul imperméable digne de porter ce nom.

– Vous allez mouiller votre costume, déplora-t-elle

– Je vais chercher la voiture, annonça Mac Cullough ; attendez-moi devant l'entrée de la galerie.

La Jaguar du commissaire-priseur n'était plus flambant neuve, mais ses accélérations demeuraient convenables, d'autant plus que Malcolm Mac Cullough avait tendance à foncer devant lui, sans se laisser impressionner par les virages.

– Serait-il inconvenant de vous demander quelques explications ? interrogea Higgins de sa voix grave et douce, qui avait amené plus d'un criminel à se confesser.

– Je veux bien, mais pas dans cette voiture.

– Que redoutez-vous ?

– Dans un journal, j'ai lu que des espions posaient des micros sous la carrosserie.

– Seriez-vous épiée à ce point ?

– Je ne serai en sécurité que chez vous.

Pour être jolie et séduisante, elle n'en était pas moins têtue. Malcolm Mac Cullough se concentra sur sa conduite, déchirant le rideau de pluie qui séparait le centre de Londres de *The Slaughterers.* Il ne croisa qu'un très petit nombre de véhicules ; peu de sujets de Sa Gracieuse Majesté s'aventuraient sur les routes par un temps aussi perturbé.

Une accalmie se produisit lorsque la Jaguar entra dans le paisible village de *The Slaughterers* où Higgins habitait une ancienne demeure familiale, un manoir aux murs de pierre blanche, au toit d'ardoise et aux fenêtres à petits carreaux.

– Il vaut mieux que je n'apparaisse pas, estima Malcolm Mac Cullough. La présence d'Ysi est un problème suffisant.

– L'analyse de la situation me paraît correcte, admit Higgins.

– Bonne chance.

L'ex-inspecteur-chef et l'Eurasienne franchirent le petit pont de bois qui enjambait la minuscule rivière Eye, puis le porche soutenu par deux colonnes, et empruntèrent l'allée dallée aboutissant à l'entrée principale.

La porte s'ouvrit.

Sur le seuil apparut Mary, la robuste gouvernante de soixante-dix ans, qui gardait bon pied bon œil après avoir traversé deux guerres mondiales, des crises économiques, des épidémies et des scandales. Contrairement à Higgins, elle avait adopté des inventions barbares comme le téléphone. Pour préserver l'entente cordiale, Mary et l'ex-inspecteur-chef avaient soigneusement délimité leur domaine respectif.

– Qu'est-ce que c'est que ça ?

– Une jeune fille en danger.

– Je vois bien qu'il ne s'agit pas d'un des membres de votre déplorable club.

Les deux poings sur les hanches, Mary dévisagea Ysi, jugeant osé son décolleté trop profond et provocante sa jupe trop courte, mais délicieux son minois d'une ravissante fraîcheur.

– Je crois qu'il serait nécessaire de préparer la chambre d'ami.

– Supposez-vous que cette maison n'est pas tenue ? Il ne manque qu'une rose. Au lieu de perdre du temps, occupez-vous-en.

Ysi sourit, attendrissante. Higgins disparut quelques instants dans sa roseraie pour en revenir avec une superbe Lady Jane, cultivée sans engrais et sans produits chimiques.

L'Eurasienne, timide, se tenait dans un recoin de l'entrée, et n'osait pas lever les yeux sur Mary.

– Qui est cette petite ?

– La fille adoptive de Sir Langston Caine.

– Encore un de vos bandits de Scotland Yard, qui passent leur temps à fumer et à boire au lieu de pourchasser les criminels.

– Non, un spécialiste de l'art flamand du XVIIe siècle.

– Autrement dit, un inutile qui ne sait même pas se servir de ses dix doigts. Allons tous nous coucher, c'est préférable. Quant à vous, jeune fille, respectez le rythme de la maison. Lever sept heures, petit déjeuner et douche.

Mary se tourna vers Higgins.

– Ne vous avisez pas de l'importuner ; sinon, vous auriez affaire à moi.

L'ex-inspecteur-chef conduisit Ysi à l'étage.

La chambre d'ami était spacieuse, confortable et gaie. Au centre, un vaste lit en chêne ; à gauche, une armoire en noyer. À droite, une haute fenêtre à petits carreaux ; devant elle, une table basse. Higgins posa la rose à côté de la carafe d'eau et d'un recueil de pensées du vieux sage chinois Lao Tseu. Au mur, un tissu vert d'eau, favorable au repos.

– Le matelas est bien dur, précisa Higgins, et l'oreiller rempli de duvet.

L'Eurasienne regardait le tableau accroché au-dessus du lit. Un peintre de grand talent avait représenté une superbe femme plutôt dévêtue.

– Qui est-ce ?

– Un rêve, sans doute. Dormez bien, Ysi.

*
**

À tout hasard, Higgins inaugura un nouveau carnet noir. Il l'intitula provisoirement « Affaire Langston Caine » et prit quelques notes de son écriture fine et rapide, après avoir taillé son crayon à la main, de manière à obtenir une pointe précise et résistante.

L'ex-inspecteur-chef éprouvait une sensation bizarre ; il ne parvenait ni à croire la jeune femme ni à la considérer comme une mythomane. Il percevait un réseau de faits étranges et compliqués, dont la signification réelle ne serait pas facile à établir. Sans avoir l'intention de mener une enquête, il ne pouvait abandonner une âme en détresse, incarnée dans un corps aussi séduisant.

L'expectative s'imposait.

Alors qu'il se brossait les dents avec un dentifrice aux algues, un cri de terreur brisa le silence du manoir. Higgins enfila sa robe de chambre, faite sur mesure, et vola au secours de sa protégée.

– Ysi, c'est moi... puis-je entrer ?

N'obtenant pas de réponse, il poussa la porte.

Terrorisée, les yeux hagards, la jeune Eurasienne était figée devant la haute fenêtre. Il la prit tendrement dans ses bras.

– Que s'est-il passé ?

– Là, bredouilla-t-elle, un monstre !

Higgins observa quelques instants, et repéra l'auteur du drame.

– Pardonnez-moi, j'ai oublié de vous prévenir. Une chouette de mes amies réside dans l'arbre, juste en face. C'est un oiseau d'une parfaite éducation, à l'exception de quelques ululements auxquels on s'habitue très vite.

CHAPITRE IV

Quand Ysi s'éveilla, un rayon de soleil illuminait sa chambre. Inquiète, elle chercha en vain une pendule ; elle se vêtit à la hâte d'un peignoir et descendit l'escalier.

Mary l'attendait.

– Neuf heures, annonça-t-elle. Je vous ai laissé dormir, à cause de votre mauvaise mine. Venez immédiatement dans la cuisine.

– Monsieur Higgins est-il sorti ?

– C'est l'heure de sa promenade. Vous le reverrez bien assez tôt.

Sous la surveillance de Mary, Ysi Toknow but un pur arabica, et dégusta des tartines de saindoux, des œufs au bacon, du jambon d'York, des harengs, de la marmelade d'Oxford sur du pain grillé et de la confiture de fraises. La gouvernante estimait qu'un solide petit déjeuner équilibrait les humeurs, raffermissait les os et chassait les idées noires.

La jeune fille finissait un morceau de pudding lorsque l'ouïe de Mary perçut le bruit d'une porte qui se fermait.

– Il est rentré.

*
**

Higgins ôta son trench-coat aux boutons en bois et s'installa dans un fauteuil du petit salon du rez-de-chaussée, meublé avec un canapé Retour des Indes, un paravent japonais du XVIIIe siècle et un buffet laqué de Cathay sur lequel trônait un Bouddha souriant.

Trafalgar, un magnifique siamois aux yeux bleus, sauta sur ses genoux et s'y roula en boule, dédaignant son coussin jaune or rempli de duvet. Depuis quelque temps, il digérait moins bien sa tourte favorite à l'émincé de saumon. Aussi Higgins lui versait-il quelques gouttes de *Nux Vomica* dans un bol d'eau que le félin buvait de temps à autre.

Soudain, il leva la tête. Une intruse venait d'entrer dans son domaine.

– Approchez, Ysi, et asseyez-vous en face de moi.

– J'ai peur des chats.

– Trafalgar n'est pas à jeun.

L'Eurasienne se déplaça lentement et s'installa sans mouvement brusque. Trafalgar posa la tête sur ses pattes et l'observa du coin de l'œil.

Ysi portait un gilet bleu clair et un pantalon à fleurs. À son cou, un collier de perles. De discrètes boucles d'oreille en nacre ajoutaient une note douce à son charme.

– Avez-vous bien dormi ?

– À merveille. Votre demeure est un havre de paix, inspecteur.

– Pas d'autre frayeur ?

– Votre chouette est devenue une amie.

– Mary a entendu votre cri et m'a reproché ma légèreté.

– C'est une femme délicieuse ; je n'ai jamais dégusté un petit déjeuner aussi succulent.

– Êtes-vous prête à répondre à mes questions ?

– Je vous le dois.
– Comment s'est effectuée votre adoption ?
– Le ciel m'a favorisée. Je suis orpheline et je suis allée d'un pensionnat à un autre. Depuis mon enfance, la peinture m'attire. Mes premières toiles furent exposées à Brighton, Sir Langston les a remarquées. Je m'étais inspirée de Vermeer, il est vrai, mais avec une insigne maladresse ! Néanmoins, il jugea que je n'étais pas dépourvue de talent et me demanda si je désirais continuer dans cette voie. Moi, je fus subjuguée. Il était si beau, si élégant, si intelligent... je ne l'aimais pas comme une femme désire un homme, mais comme une fille vénère son père.
– Vous a-t-il associée à ses recherches ?
– Immédiatement. J'ai lu tous ses articles et je l'ai écouté pendant des heures. Des conférences pour moi seule, vous vous rendez compte ! Une telle complicité s'est établie entre nous qu'il m'a proposé de m'adopter. Ce fut le plus beau jour de ma vie. Lorsque je suis devenue sa fille, il s'est montré exigeant et m'a envoyée étudier à l'Académie royale des beaux-arts de Bruxelles, afin que j'acquière de meilleures bases techniques et un solide sens des couleurs.
– Pardonnez-moi cette indiscrétion, mais Sir Langston a-t-il précisé ce qu'il espérait de vous ?
– Un regard nouveau. Dans nos dialogues, j'émettais toutes les idées qui me passaient par la tête ; la plupart lui semblaient saugrenues, mais il en retenait quelques-unes.
– Entre vous, une parfaite harmonie.
– De l'affection et du respect. Je suis vraiment devenue sa fille.
– Venons-en à vos certitudes, mademoiselle. Depuis hier soir, vous avez eu le temps de réfléchir ; maintenez-vous vos déclarations ?
– Oui, inspecteur.
– Pourquoi êtes-vous si sûre de sa mort ?

– Parce qu'il m'en a parlé lui-même.

Higgins garda son calme et ne manifesta aucune émotion.

– Pourriez-vous être plus précise ?

– Il m'a envoyé un message, depuis l'au-delà où il se trouve. Une illumination si précise, si claire, qu'aucun doute ne subsiste. Il me parlait, me transmettait ses souffrances, son martyre.

– Pas d'indication sur l'endroit où repose son corps ?

– Aucune.

– Mort naturelle ou bien...

– Un meurtre, inspecteur, un horrible meurtre !

Ysi s'était animée ; la colère lui rougissait les joues.

– Sir Langston était un homme plein de vie et de force, plus solide qu'un chêne. Il n'avait pas une ride, pas un cheveu blanc, et ne se teignait pas. Pas l'ombre d'une maladie, une énergie sans cesse renouvelée, malgré ses incessants voyages et ses conférences aux quatre coins du monde. La fatigue n'avait aucune prise sur lui, il paraissait indestructible. Qui vous parlerait de mort naturelle serait un menteur ; et ceux qui l'ont assassiné sont redoutables et rusés.

– Ceux qui l'ont assassiné... Seraient-ils plusieurs ?

– J'en suis persuadée. La mission de mon père adoptif dérangeait trop de monde.

– En quoi consistait-elle ?

– Dénoncer l'imposture qui fait passer la laideur actuelle pour la beauté, la médiocrité pour le génie, le mensonge pour la vérité. S'il avait donné sa conférence, hier soir, les spécialistes du monde entier auraient fait grise mine et les marchés de l'art subi une réelle déprime.

– Pour quelle raison ?

– Il comptait faire une mise au point sur la vraie valeur de nombreux tableaux réputés comme des chefs-d'œuvre et remettre à leur place des peintres surcotés. La presse à scandale se serait emparé de ses propos, les revues sérieuses les auraient repris *in extenso* et semé une véritable panique sur le marché de l'art. Effondrement des cours, investissements aux allures de catastrophe, milliardaires ruinés, des sommes considérables parties en fumée... Voilà les causes de l'assassinat.

– À supposer qu'il soit mort.

– Aurais-je reçu un message, sinon ?

– Dans quelles circonstances exactes ?

– En regardant la reproduction d'un tableau de Vermeer où figure un virginal, une sorte de clavecin. Sur son couvercle, une inscription proclame : « Musique, compagne de la joie, remède de la douleur. » Ce mot « douleur » a tout déclenché. Sir Langston s'est imposé à moi dans une vision fulgurante, et il m'a parlé. Un assassinat, inspecteur, voilà la vérité ! Un crime pour l'empêcher de parler, un autre pour me réduire au silence.

– Vous a-t-on menacée ?

– Mon père était environné de vautours ; ils savaient que je partageais ses pensées et qu'il me faisait des confidences. Comme lui, je ne manquais pas de vilipender les marchands qui font fortune sur le dos des artistes disparus et les experts malhonnêtes qui exploitent la mémoire des peintres morts depuis des siècles.

– Étiez-vous informée des accusations qu'il comptait porter ?

– Pas dans le détail. Ceux qui l'ont supprimé s'imaginent que j'en sais long ; en réalité, je ne possède qu'une certitude : sa conférence aurait fait l'effet d'un coup de revolver au milieu d'un concert.

– N'avez-vous pas songé à une protection officielle ?

– Sir Langston n'avait peur de personne. Ce n'est pas mon cas, M. Higgins ; je ne sais pas comment ils s'y sont pris pour tuer mon père, où ils ont caché son cadavre, mais je suis persuadée qu'ils ne perdront pas ma trace. Je n'ai confiance en personne, sauf en vous. Mon instinct ne me trompe pas. Je contemple souvent le visage de Sir Langston dans le miroir peint par Vermeer, près du virginal, au-dessus des dalles de marbre froid, car je ne le reverrai plus sur cette terre.

CHAPITRE V

Tout au long de la conversation, Higgins prit des notes sur son carnet noir.

– Veuillez m'excuser un instant.

L'ex-inspecteur-chef dut parlementer avec Mary afin de pouvoir utiliser le téléphone installé dans la cuisine.

– Enfin, vous y venez.

– La cabine publique me suffirait, mais...

– Mais vous êtes pressé, à cause de votre protégée.

Higgins n'engagea pas le combat, et appela son ami Mac Cullough.

– Sir Langston a-t-il réapparu ?

– Pas à ma connaissance. Le scandale est énorme ! Les journalistes traînent Langston dans la boue, le ministère est furieux, les personnalités du Royaume le chasseraient de l'*establishment* si c'était possible.

– Et l'exposition ?

– Un fabuleux succès. Dès six heures du matin, une foule incroyable faisait la queue et se pressait pour découvrir des chefs-d'œuvre qu'on ne verra plus jamais rassemblés au même endroit. Et la petite Ysi ?

– Elle se porte bien, nous bavardons.

– Crois-tu que Sir Langston soit mort ?

– Les probabilités augmentent.

Sous l'œil suspicieux de Mary, Higgins sortit de la cuisine et regagna le salon où Trafalgar, sur la réserve, continuait à observer la jeune fille.

– Votre père adoptif a bel et bien disparu.

Elle éclata en sanglots.

Dans les circonstances dramatiques, Higgins recourait à une médecine radicale. Il se pencha sur le bar aménagé dans la souche d'un vieux chêne, en sortit une bouteille de *Royal Salute,* et offrit un petit verre de l'excellent whisky à la jeune fille.

– C'est bon, reconnut-elle, en le buvant cul sec.

– Sir Langston avait-il projeté un voyage important ?

– Non, il préparait la conférence avec fièvre. Pour lui, ce devait être le point d'orgue de sa carrière. Un soir, il a même évoqué l'interruption définitive de toutes ses activités extérieures pour mieux se consacrer à l'étude, aux recherches et à sa collection personnelle.

Quelle que fût la validité des perceptions extrasensorielles de l'Eurasienne, l'ex-inspecteur-chef devait se rendre à l'évidence : Sir Langston Caine avait manqué le rendez-vous décisif de son existence.

– Avait-il reçu des menaces ?

– Ses ennemis étaient innombrables : peintres modernes, faux artistes, critiques d'art, marchands de tableaux, investisseurs.

– Certes, mais des menaces précises ?

– Les coups de téléphone et les lettres anonymes étaient monnaie courante. Il en recevait tellement que ni les uns ni les autres ne l'impressionnaient plus depuis longtemps.

– Vous a-t-il parlé de quelqu'un dont il redoutait l'intervention ?

– Je vous le répète, mon père n'avait peur de personne.

– Avait-il des amis fidèles et sincères ?

– Un seul, un peintre d'une trentaine d'années, Gavin Jerphanion.

– L'appréciez-vous ?

Ysi eut une mine boudeuse.

– Je ne comprends pas très bien son œuvre.

– Que peint-il ?

– Des formes abstraites.

– Sir Langston, pourfendeur des horreurs modernes, appréciait ce style-là ?

– En effet.

– Une explication ?

– Jerphanion cherchait une voie nouvelle.

– Avez-vous interrogé votre père sur ce point ?

– Je n'ai pas osé.

– Sir Langston est marié, si je ne m'abuse.

– Son épouse, Linda, est une femme généreuse et magnifique. Hélas, elle n'a pas pu avoir d'enfant.

– Comment vous a-t-elle acceptée ?

– Avec grand cœur. Nous nous voyons peu, mais nous nous entendons très bien.

– Connaissait-elle les projets de son mari ?

Ysi parut troublée. Higgins sentit qu'il devait abandonner cette piste quelques instants ; il y reviendrait à l'improviste après avoir entraîné la jeune fille sur un terrain moins brûlant.

– Votre père n'avait-il pas un secrétaire particulier, qui s'occupait de ses affaires ?

– Si, William Morton. Il réside en permanence au château. Un homme compétent que Sir Langston appréciait beaucoup.

– Et vous-même ?

– Il m'impressionne. Il est si sérieux, si hautain...

– En auriez-vous peur ?

– Un peu.

– Vous a-t-il causé des difficultés ?

– En aucune manière ! Il m'intimide, voilà tout.

– D'autres collaborateurs ?

– Je ne pense pas que l'on puisse appeler « collaboratrice » Miss Deborah Cairo, l'intendante du château ! Elle possède la même vitalité que Mary, mais moins de gaieté et d'entrain.

Higgins ne fit aucun commentaire sur ces deux derniers points.

– J'ai également croisé un Japonais, un homme glacial, très beau, dont un seul regard suffit à vous écraser.

– Son nom ?

– Je l'ignore.

– Un collègue de votre père ?

– Peut-être.

– Pourquoi vous effraie-t-il ?

– Un instinct, rien de plus.

Trafalgar, jugeant qu'il ne courait aucun risque, sauta des genoux de Higgins et s'installa sur un moelleux tapis d'Iran, tournant le dos à Ysi Toknow.

– Vous êtes un homme adorable, M. Higgins.

– Vous réconforter est un plaisir, mademoiselle.

– Je sens bien que je trouble votre sérénité et que je perturbe vos habitudes ; vous m'en voyez confuse. Mais la mort de mon père est une telle tragédie... Ne la laissez pas impunie, je vous en prie !

– Il reste un espoir de le voir réapparaître.

– Non, et vous le savez bien. On l'a tué parce qu'il s'apprêtait à dire la vérité.

– À qui d'autre avez-vous parlé de cette certitude ?

– À personne, je vous le jure ! Vous êtes mon seul confident.

Higgins était fort embarrassé. Un crime sans cadavre n'incitait pas à l'optimisme, selon la judicieuse remarque de M.B. Masters, au chapitre onze du tome II de son célèbre *Manuel de criminologie*.

– Comment l'épouse de Sir Langston va-t-elle réagir ? Elle doit se sentir en danger, elle aussi.

– Pourquoi ?

– Une épouse, d'ordinaire, reçoit les confidences de son mari. À moins qu'ils ne vivent dans une atmosphère de conflit.

L'Eurasienne baissa les yeux.

– Je n'ai pas le droit...

– Si j'enquête, mademoiselle, je ne tarderai pas à découvrir la nature exacte des rapports entre Sir Langston et sa femme. Vos révélations nous feront gagner du temps.

– Eh bien... il voyageait beaucoup et la voyait peu.

– Si peu ?

– Oui, si peu.

– Sir Langston n'était-il pas un homme très vigoureux et rempli d'énergie ?

– Si, mais...

– Vous offenserais-je en émettant des doutes sur sa fidélité ?

Ysi garda les yeux baissés.

– Je n'ai pas le droit de le juger. Il aimait sincèrement sa maîtresse.

– Vous en a-t-il parlé ?

– Une fois, une seule fois. C'est une poétesse grecque de vingt-cinq ans, Helen Eade, qui se passionne pour toutes les formes artistiques. Elle partage la vision de mon père sur la barbarie moderne. D'après lui, ils échangeaient beaucoup d'idées.

– L'a-t-il tenue au courant de ses projets ?

– Je suis incapable de vous répondre.

– Vous habitez au château, je suppose ?

– Mon père m'a loué un appartement à Londres, mais je réside à Bruxelles la plupart du temps, pour mes études.

– Je dois vous ramener chez vous.

– Oh non, inspecteur ! Tant que vous n'aurez pas arrêté les assassins, ne me chassez pas ! Ici, je suis en sécurité.

Higgins ne se sentait pas le courage d'entamer une interminable négociation avec Mary. Ysi lut dans ses pensées.

– Ne soyez pas soucieux ; Mary et moi nous entendrons très bien. Comme je ne sais rien faire, elle me donnera des ordres et j'obéirai.

Trafalgar, résigné, poussa un soupir.

CHAPITRE VI

La Jaguar de Malcolm Mac Cullough traversa Goring à toute allure, prit la route de Didcot, avala quelques *miles* d'un moteur léger, et tourna, au prix d'un crissement de pneus qui dérangea un vieux corbeau se chauffant sur l'asphalte, en direction de Wantage, au sud d'Oxford. Bien que Higgins fût un ancien de Cambridge, il fallait bien se résoudre à s'aventurer dans ces paysages inhospitaliers.

Le commissaire-priseur avait accepté avec enthousiasme d'emmener Higgins au château de Sir Langston Caine et de lui en ouvrir les portes, sous le prétexte d'une entrevue d'experts.

– Tu me rends un fier service, Malcolm.

– Penses-tu ! Participer à une enquête criminelle, c'est plus excitant que de vendre un vase étrusque à un milliardaire brésilien.

– Le crime n'est pas encore avéré.

– Caine, disparaître avant une conférence aussi importante ? Ça n'a pas de sens. La petite Ysi a raison : on l'a supprimé pour l'empêcher de parler. Si tu n'en étais pas convaincu, tu ne serais pas assis dans cette voiture, et tu taillerais tranquillement tes rosiers.

Une pluie battante brouilla le paysage verdoyant et

paisible de la campagne anglaise, refermée sur ses mystères depuis tant de siècles que les arbres centenaires en oubliaient leur âge. Mac Cullough ne ralentit pas pour autant ; une voiture britannique devait savoir glisser autant que rouler.

– C'est là, dit-il, en repérant un minuscule panneau portant l'inscription « Dutchfield Castle ».

– Le « château du champ du Hollandais » traduisit Higgins. Sir Langston a soigné le moindre détail.

La Jaguar s'engagea dans une étroite allée bordée d'ormes. Sur la gauche coulait un ruisseau qui gonflait à vue d'œil.

Le château émergea d'un brouillard humide.

Une belle façade à l'antique, datant du XVIIIe siècle, du poète Alexander Pope qui proclamait avec assurance : « Dieu habite au ciel, et tout va pour le mieux dans le monde », pendant qu'Isaac Newton découvrait la mécanique de l'univers. L'architecte s'était inspiré des lignes très classiques de Palladio, apportant un peu d'Italie au cœur de l'Angleterre. Une imposante colonnade et un escalier monumental annonçaient au visiteur que le maître des lieux était un grand seigneur.

Malcolm Mac Cullough stoppa au pied de l'escalier. Higgins, sanglé dans son Tielocken, grimpa les marches avec aisance, heureux de constater que ce temps, plutôt clément pour la saison, ne réveillait pas son arthrite.

Une porte à petits carreaux s'ouvrit sur une femme sans âge, vêtue d'un ensemble marron.

– M. Mac Cullough ?

– Je suis venu avec un ami.

– Je vais annoncer votre arrivée à M. Morton ; veuillez patienter dans le salon d'accueil.

Dès l'abord, le ton était donné : colonnes ioniques grecques courants le long des murs, cheminée en stuc, natures mortes du XVIIIe siècle. Les aberrations de l'art moderne n'avaient pas droit de cité. Mains croisées derrière le dos, les deux amis les admirèrent.

– L'intendante ?

– Deborah Cairo, répondit Mac Cullough. On suppose qu'elle est âgée de soixante ans, mais je crois qu'elle est plus ancienne que le château. À vingt ans, on devait déjà en dire : « Elle a dû être belle dans sa jeunesse. » Comme elle ne fut jamais jeune, elle a oublié de vieillir. Dans cent ans, elle aurait encore ce beau visage lisse, cette démarche ondoyante, ce curieux regard rond de poule effarouchée, parfois si naïf, presque infantile, et sa petite voix mourante.

– Tu es un redoutable observateur, Malcolm.

– Je déteste ce type de pimbêche.

– Une personne irremplaçable, semble-t-il.

– Que deviendraient les châteaux anglais sans ce genre de tyrans ?

Higgins et Mac Cullough n'eurent pas le temps de disserter sur ce thème. De sa petite voix, Deborah Cairo les pria de la suivre, et les conduisit au bureau du secrétaire particulier de Sir Langston, installé au premier étage de la vaste demeure.

Murs nus, à l'exception d'une aquarelle de Turner, peints en vert. Bureau Regency, fauteuils de cuir, trois téléphones, machine à écrire, meuble de classement en acajou. Deux fenêtres donnaient sur le parc.

William Morton, âgé d'une cinquantaine d'années, était un homme grand, sec, aux cheveux grisonnants et au nez pointu. Les lunettes rondes, en acier, n'adoucissaient guère sa physionomie rugueuse.

– Heureux de vous revoir, mon cher Mac Cullough. Comme je vous l'ai dit au téléphone, nos discussions ne progresseront guère en l'absence de Sir Langston. Je n'ai pas l'honneur de connaître votre collègue.

– Je vous présente l'ex-inspecteur-chef Higgins, de Scotland Yard.

– La police, ici !

– À titre officieux, indiqua Higgins avec calme.

– Je ne vous cache pas que cette intrusion est tout à fait désagréable.

– Vous êtes libre de ne pas répondre à mes questions et de m'expulser. Mais mes collègues viendront, tôt ou tard, et seront surpris de votre mutisme.

Morton ne négligea pas l'avertissement.

– Asseyez-vous, messieurs, et parlons avec sérénité. Whisky, porto ou vin français ?

Les trois hommes optèrent pour un vintage de grande qualité, à la robe grenat et au parfum subtil.

– De quoi vous occupez-vous, M. Morton ?

– De tout, inspecteur, Sir Langston m'accorde sa confiance et un salaire très important afin d'éviter les soucis et les désagréments. Je veille sur ses déplacements, ses chambres d'hôtel, ses dossiers ; mon patron a un chronomètre dans le ventre et déteste les retards. À moi d'organiser ses rendez-vous, à Londres ou à l'autre bout de la planète, de ne pas lui faire perdre une minute entre l'aéroport et la salle de conférence, entre un restaurant et un musée. Je dispose, en permanence, des horaires d'avions et de trains du monde entier. S'il prend à Sir Langston la fantaisie – il dirait l'« impérieuse nécessité » – de se rendre à Berlin ou à Tokyo pour examiner une toile ou consulter un document, à moi de me débrouiller. Par bonheur, il est toujours possible d'obtenir une première classe.

Être infatué de soi-même à ce point relevait de l'exploit ; Higgins avait déjà rencontré d'autres spécimens appartenant à cette race d'éminences grises, qui possédaient le génie de se rendre indispensables.

– Rude travail, M. Morton.

– Vous pouvez le dire, inspecteur. Depuis tant d'années – je ne les compte plus –, Sir Langston ne m'a pas adressé le moindre reproche.

– C'est donc à moi de le faire.

Le secrétaire particulier sursauta.
– Pardon ?
– À tout moment, vous savez où se trouve votre patron.
– Bien entendu !
– Eh bien, éclairez-moi : où se cache-t-il ?
William Morton tripota son coupe-papier, une fine lame de Tolède qui devait être dangereuse pour un maladroit.
– Votre question est si brutale, si directe, si...
– Pourquoi n'avez-vous pas prévenu la police ?
– Rien ne justifiait une telle démarche.
– Vous-même affirmez que Sir Langston était un maniaque de l'exactitude ; il manque le rendez-vous le plus important de sa carrière, et vous ne vous inquiétez pas. Surprenant, non ?
Morton dévissa un capuchon de stylo et le revissa.
– Je dois vous l'avouer sans détours et à ma grande honte : j'ignore où se trouve Sir Langston.
– Quand lui avez-vous parlé pour la dernière fois ?
– La veille de l'inauguration de l'exposition. Le jour même, je ne l'ai pas vu ; il avait dû quitter le château tôt le matin.
– Vous a-t-il paru inquiet ?
– Au contraire. Il se réjouissait de cette extraordinaire manifestation. Tant de Vermeer et de génies hollandais rassemblés au même endroit ! Un événement unique.
– Je ne vous ai pas remarqué à la galerie.
– Je n'y suis pas allé, inspecteur ; mon travail me retenait ici. Sir Langston, après sa conférence à Londres, comptait la répéter dans les principales capitales du monde entier. Un périple difficile à organiser, croyez-moi !
– Sur quel thème portait cette conférence ?
– Une véritable révolution.
– Mais encore ?

– Le rétablissement d'une hiérarchie artistique avec, au sommet, Vermeer et ses contemporains. En conclusion, il proposait une révision de la cote de peintres surestimés, à partir d'éléments artistiques et techniques.

– Sa voix aurait-elle été entendue ?

– Sans aucun doute. Sir Langston est l'un des plus grands experts internationaux.

– Il aurait donc causé des faillites et fait baisser le niveau de certaines fortunes, fondées sur la spéculation.

– Je l'avais mis en garde, avec tout le respect que je lui devais. Bouleverser ainsi le marché de l'art devait lui attirer bien des ennuis.

– Comment a-t-il réagi ?

– En riant. Voir des baudruches se dégonfler l'amusait au plus haut point.

– Avait-il néanmoins conscience du danger ?

– Il jugeait ses arguments inattaquables et sa propre personne indestructible.

– Quel est votre sentiment profond, M. Morton ?

– Je ne comprends pas, inspecteur.

– Croyez-vous que Sir Langston est toujours vivant ?

– Inspecteur !

Le secrétaire particulier se leva, suffoqué.

– Sir Langston, Sir Langston, répéta-t-il, comme un prêtre se livrant à une incantation, Sir Langston ! Comment serait-il mort ?

La porte du bureau s'ouvrit.

Apparut une superbe jeune femme brune, vêtue d'un tailleur vert clair qui mettait son teint en valeur.

– Deborah m'a appris que nous avions des visiteurs ?

– Réunion d'affaires, précisa William Morton.

– Auriez-vous l'obligeance de me suivre, messieurs ? demanda Linda Caine, irritée.

CHAPITRE VII

D'après les astrologues orientaux, Higgins était du signe du chat. Peut-être ne possédait-il pas sept vies, mais il avait bel et bien l'instinct du félin, capable de percevoir la moindre anomalie dans un cadre donné. C'est pourquoi il repéra l'intendante, Deborah Cairo, cachée derrière une statue médiévale de la Vierge à l'enfant ; elle regarda passer le trio composé de Linda Caine, de Malcolm Mac Cullough et de Higgins, puis pénétra dans le bureau de Morton, le visage courroucé. L'ouïe de Higgins, aussi exercée qu'elle fût, ne lui permettait pas d'entendre à travers les murs ; mais il n'avait pas besoin d'assister à l'entretien pour savoir que Deborah Caine reprocherait à William Morton d'avoir accueilli des hôtes bien malvenus.

L'épouse de Sir Langston reçut les visiteurs dans la bibliothèque du château. Du plafond, stuqué et doré, pendait un grand lustre en cristal. Entre les meubles en merisier massif, contenant des milliers de volumes consacrés à l'art, étaient exposés quelques primitifs flamands dus à de petits maîtres. Un canapé de cuir aux lignes sobres, des fauteuils Tudor et une longue table en chêne, où il était aisé de déployer les in-folio, composaient un mobilier austère.

Linda Caine choisit une chaise, et proposa le canapé à ses interlocuteurs, auxquels elle fit face. Malcolm Mac Cullough s'assit, mais Higgins préféra faire le tour de la pièce, en admirant les tableaux.

– Mon mari a eu recours à vos services, M. Mac Cullough.

– J'ai eu cet honneur, en effet.

– Votre ami est-il un artiste ?

– Higgins, Scotland Yard, répondit l'ex-inspecteur-chef.

– Votre présence ne m'étonne pas. Vous enquêtez sur la disparition de Sir Langston, je suppose ?

– Auriez-vous des précisions à m'apporter ?

– Hélas, aucune ! J'attendais mon mari à l'exposition et j'ai constaté son retard, inexplicable et scandaleux. Depuis, j'attends. Le jour même, je n'ai pas eu l'occasion de le voir. Conformément à ses habitudes, il a dû quitter le château très tôt sans réveiller personne.

– Pourquoi ne pas avoir prévenu la police ?

La jolie brune parut désarçonnée.

– Franchement, l'idée ne m'en est pas venue.

– Sir Langston serait-il coutumier de ce genre de facéties ?

– Non, certes non...

– Pourtant, l'inquiétude ne vous a pas assaillie.

– Si... mais sans penser à...

La voix chaude de Linda Caine s'éteignit doucement, comme un lamento. C'est à cet instant que Higgins perçut le charme prenant de cette femme de cinquante ans, aux formes épanouies, au visage ravissant et aux yeux vert d'eau. Elle faisait partie de ces magiciennes dont un homme peut tomber éperdument amoureux sans s'en apercevoir ; lorsqu'il prend conscience de sa passion, il est trop tard.

– Sans penser à son décès ?

Les yeux de Linda Caine demeurèrent secs.

– Il pourrait être mort, c'est vrai ; mais sa disparition serait tout à fait incongrue ! Un homme de sa trempe ne file pas à la française. Qui vous a envoyé ici, inspecteur ?

– Mademoiselle Ysi Toknow.

– Je m'en doutais. Que vous a-t-elle raconté ?

– Elle est persuadée que son père adoptif a été assassiné.

– Cette petite est à moitié folle ! Depuis qu'il lui paie des études de peinture, elle rêve éveillée.

– En l'occurrence, ce serait plutôt un cauchemar.

– A-t-elle des preuves ?

– Une communication avec l'au-delà. C'est l'âme de Sir Langston qui l'a avertie du drame.

– Vous moqueriez-vous de moi, inspecteur ?

– L'âme d'une victime n'est pas en repos tant que son assassin n'a pas été identifié.

– Vous êtes un curieux policier ; menez-vous vos enquêtes en tenant compte du surnaturel ?

– Simplement de l'expérience, madame.

Linda Caine devint songeuse.

– Vous n'avez pas tort ; la réalité n'est pas cette image grise et terne que contemplent nos yeux. Il faut voir au-delà, comme un grand peintre.

– Les opinions de votre mari vous paraissaient-elles fondées ?

– Sir Langston est un esprit supérieur ; il n'avance aucune théorie avant de l'avoir dûment vérifiée.

– Bien entendu, vous connaissez le thème de la conférence qui devait dérégler le marché de l'art.

– Pas dans le détail.

– Je perçois une désapprobation.

– Ce serait excessif... je redoutais que le nombre de ses ennemis n'augmentât.

– Sont-ils si acharnés ?

– Alexander Drosetti, surtout ; rien ne le réjouirait davantage qu'un échec de mon mari.

– J'ai lu son article dans le *Times* ; il est d'une rare férocité contre Sir Langston. Il n'évoque même pas l'exposition, mais qualifie votre époux d'escroc et d'affabulateur.

– Drosetti est un critique d'art brillant et intelligent, mais il n'a jamais réussi à prendre Sir Langston en défaut. Son absence, et le scandale qu'elle a causé, lui ont fourni l'occasion idéale pour déverser son fiel. Je crains que la réputation de mon mari ne soit à jamais ternie, et que la victoire de son éternel adversaire ne soit totale.

– À moins que Sir Langston ne réapparaisse et ne justifie sa conduite.

– Le mal est fait, inspecteur.

– Il faut le défaire.

Linda Caine sembla très lasse.

– Je n'en ai pas le pouvoir.

– Comment vous entendiez-vous avec votre mari ?

Elle leva des yeux inquiets vers l'ex-inspecteur-chef, qui cessa de déambuler.

Malcolm Mac Cullough se leva.

– Pardonnez-moi ; je dois examiner un dossier avec William Morton.

Le commissaire-priseur s'éclipsa.

– Votre ami est un homme d'une grande délicatesse ; il ne voulait pas en entendre davantage.

– Aurais-je été indiscret ?

– Vous savez bien que oui.

– Me pardonnez-vous ?

– La douce Ysi n'a pas tenu sa langue, n'est-il pas vrai ? Je ne lui en veux pas. Beaucoup savent que mon mari et moi menons des existences lointaines depuis plusieurs années.

– Pourquoi ne pas divorcer ?

– Parce que nous nous aimons. Un amour insolite, inhabituel, en contradiction avec la morale bourgeoise, mais un amour tout de même. Mon mari voyage beaucoup, il conseille, expertise, collectionne... : dans sa vie, la place d'une femme ne peut être que très réduite. Je m'en contente et je suis heureuse ainsi.

– Était-ce le cas de Sir Langston ?

– Je le suppose.

– Pourtant, Helen Eade existe.

– Vous savez cela aussi... Toujours Ysi, bien sûr. Ysi ou n'importe qui, d'ailleurs ; cette liaison est de notoriété publique. Helen Eade est une poétesse passionnée et une fort jolie femme.

– N'êtes-vous pas jalouse ?

– J'ai de l'estime pour elle. Elle ne m'a pas volé mon mari ; quand elle est tombée amoureuse de lui, elle est venue me le dire. J'ai apprécié sa franchise, bien qu'elle fût ma rivale. La jalousie est un sentiment vil, inspecteur ; Sir Langston n'est pas l'homme d'une seule femme, j'ai dû l'accepter.

– A-t-il déjà renoncé à un projet bien préparé ?

– Jamais. Méticuleux dans l'étude, c'était un fonceur dans l'action. Les mises en garde ne l'impressionnaient pas, dans la mesure où ses arguments lui apparaissaient imparables. Jusqu'à cette soirée ratée, les faits lui avaient donné raison.

Au charme, elle joignait la tendresse. Une tendresse secrète, voilée, qui adoucissait le regard et lui donnait de la profondeur. Helen Eade devait être une femme tout à fait exceptionnelle pour avoir détourné Sir Langston d'une épouse aussi envoûtante.

– Appréciez-vous le travail de William Morton ?

– C'est un remarquable secrétaire particulier. Il est totalement dévoué à mon mari.

– Aucune dissension ?

– Pas l'ombre d'un différend. Morton connaît toutes les manies de son patron, ses exigences, sa façon de travailler ; il pare les coups, évite les catastrophes, et retombe sur ses pieds dans n'importe quelle situation. Si Sir Langston est aussi efficace, il le doit en grande partie à Morton, et en est conscient. Les salaires qu'il lui verse sont princiers.

– Sont-ils devenus amis ?

– Franchement, non. J'ignore si Morton aime la peinture, ou même l'art en général. Leurs relations sont strictement professionnelles.

– Gavin Jerphanion, en revanche, peut se targuer d'être l'ami de Sir Langston Caine.

Le regard de la belle Linda vacilla, puis se déroba.

– En effet.

– Appréciez-vous ce peintre ?

– Je le connais mal. Les relations de mon mari ne concernent que lui.

– L'adoption de Ysi n'a-t-elle pas bouleversé votre existence ?

– Elle a séjourné peu de temps ici, avant de partir pour Bruxelles, et nous nous sommes bien entendues.

– À votre avis, est-elle une intrigante ?

– Non, inspecteur. Ce fut ma première idée, je vous l'avoue, mais je me suis trompée. Ysi admire sincèrement Sir Langston, comme une fille vénère un père. Il est assez sévère avec elle, et lui impose des études sérieuses. Leur complicité est touchante ; elle est l'enfant qu'il espérait et que je n'ai pas su lui donner.

– Pourquoi a-t-elle si peur d'être assassinée, comme Sir Langston ?

La brutalité de la question désarçonna Linda Caine.

– Mais rien ne prouve encore... ce sont des folies... comment imaginer...

Effondrée, elle se cacha la tête dans les mains.

– Je suis désolée... je voudrais tellement qu'il fût vivant, je refuse sa disparition !

– Puisse Ysi se tromper, madame.

À la manière d'un chat, sans faire le moindre bruit,

Higgins se dirigea vers la porte et l'ouvrit brusquement. Il découvrit Deborah Cairo, pliée en deux, l'œil collé à une légère fente qui lui permettait d'observer ce qui se passait dans la bibliothèque.

CHAPITRE VIII

– Heureuse rencontre, Melle Cairo. Je souhaitais précisément m'entretenir avec vous.

– Je n'ai rien à dire !

– Ne vous sous-estimez pas.

Linda Caine, furieuse, passa devant l'intendante de Dutchfield Castle, la fusilla du regard et s'éclipsa.

– Votre patronne désapprouve votre attitude.

– Ce n'est pas ma patronne. Je n'obéis qu'à Sir Langston.

– Où résidez-vous ?

– Au second.

– J'aimerais découvrir votre domaine.

– Avez-vous un mandat de perquisition ?

– La paperasse me fait horreur. Ou vous m'acceptez comme hôte, ou je m'en vais.

Le ton de l'ex-inspecteur-chef était devenu sévère. Deborah Cairo fronça les sourcils.

– Bon... je n'ai rien à cacher.

Elle le guida. Ils traversèrent deux grands salons, véritables petits musées où étaient exposés des tableaux hollandais du XVIIIe siècle. L'ensemble était de qualité, sans œuvre exceptionnelle. L'intendante grimpa un escalier plutôt raide, atteignit un palier, et poussa une porte en chêne.

– Voilà. Entrez, si vous le désirez.

Higgins pénétra lentement dans le domaine de l'intendante.

Un petit appartement de trois pièces, doté d'un remarquable confort. Un mobilier conventionnel du XIXe siècle, des murs nus, sans un seul tableau.

– N'aimez-vous pas la peinture, mademoiselle ?

– Un peu, comme tout le monde ; ici, c'est une indigestion. Chez moi, j'ai besoin de repos pour mes yeux. Sir Langston critique d'art, sa femme peintre, et sa fille adoptive aussi ! Une véritable malédiction.

– Mme Caine est donc artiste, elle aussi ?

La petite voix mourante fut soudain agressive.

– Artiste, pffft ! Elle barbouille, elle me salit un atelier, elle rêve de génie et de chefs-d'œuvre !

– Peint-elle pour elle-même ou vend-elle ses toiles ?

L'intendante sembla exaspérée.

– Si elle ne signait pas « Caine », aucun acheteur ne se présenterait ! Avec le renom de son mari, tout est facile. Elle utilise son nom et se fait passer pour une célébrité. Les gens sont veules et hypocrites, inspecteur.

– Votre lucidité vous honore. Il reste un mystère que j'aimerais éclaircir.

– Lequel ?

– Comment faites-vous pour assurer la propreté d'un pareil château ?

Deborah Cairo rosit. La voix redevint fluette, presque enfantine.

– J'y mets un point d'honneur.

– Quel joli terme, si négligé de nos jours.

– L'époque importe peu. La dignité d'une intendante, c'est de maintenir en l'état la demeure qui lui est confiée.

– Vous régnez donc sur une armée de domestiques.

– Quelques personnes bien choisies et que je mène à la baguette. Hors de la hiérarchie, point de salut. Si l'on me désobéit, c'est le renvoi immédiat, quel que soit le motif. Tout doit être à sa place, et rien ne doit manquer. Sinon, ce n'est plus un château.

– Ce dévouement vous oblige à vous informer de manière permanente.

– Que voulez-vous dire ?

– Par exemple, à écouter aux portes.

– À ma place, vous agiriez de la même façon. Si un détail m'échappe, l'ensemble peut s'écrouler.

– Ysi n'a-t-elle pas menacé cette harmonie ?

Deborah Caine réfléchit.

– Elle n'est pas restée longtemps, par bonheur. Je me méfie de la jeunesse ; la mettre au pas n'est pas facile.

– Je suis admiratif, révéla Higgins ; vous et M. Morton formez une équipe remarquable.

– Chacun son domaine ; qu'il ne s'avise pas d'empiéter sur le mien.

– Êtes-vous inquiète, mademoiselle ?

L'intendante s'assit et posa les mains sur ses genoux. La voix trembla.

– Inquiète n'est pas un mot assez fort, inspecteur.

– Redouteriez-vous le pire ?

– Sir Langston n'était pas homme à rater un rendez-vous. Et puis, je ne comprends pas... le jour de la fameuse exposition, il a dû partir très tôt, sans même me saluer. Je l'ai vu pour la dernière fois la veille au soir.

Deborah Cairo était au bord des larmes.

– Si quelqu'un lui a fait du mal, identifiez-le et châtiez-le.

– Scotland Yard s'en occupera, mademoiselle.

– Pourquoi sa femme ne prévient-elle pas la police ? Deux jours ! Deux jours sans nouvelles, ce n'est jamais arrivé ! Elle sait quelque chose d'important, mais refuse de parler. Croyez-moi, inspecteur ; je sens ces choses-là.

– Je tiendrai le plus grand compte de votre avis, mademoiselle.

*
**

Higgins rejoignit Mac Cullough qui discutait d'une expertise dans le bureau de William Morton.

– Êtes-vous tombés d'accord, messieurs ?

– Sur le principe, oui, mais le travail de M. Mac Cullough ne prendra effet qu'avec l'aval de Sir Langston et...

Le secrétaire particulier prit soudain conscience que l'absence de son patron rendait tout travail impossible.

– Fouillez bien dans votre mémoire, M. Morton, exigea Higgins en ouvrant son carnet noir. Sir Langston ne vous a-t-il pas fait une confidence étrange, n'a-t-il pas attiré votre attention sur un détail insolite ?

William Morton se concentra.

– Navré, inspecteur, je ne vois vraiment pas. Mon patron était prêt au combat, sûr de lui, sans angoisse. Il s'apprêtait à inaugurer l'exposition, à prononcer un discours qu'il connaissait par cœur, puis à donner sa conférence, sans le moindre papier. Il possédait si bien son sujet qu'il n'en avait nul besoin. L'assistance étant d'une qualité rarement atteinte ; j'ai moi-même envoyé les invitations.

– Sous quel prétexte Sir Langston aurait-il pu s'absenter ?

– Aucun, constata le secrétaire particulier, abattu. Devons-nous conclure à un... Non, il reste un espoir : l'enlèvement.

– Sans demande de rançon ?

– Si le coupable est Drosetti, l'ennemi juré de Sir Langston, l'argent ne l'intéresse pas. Il ne cherche qu'a humilier son adversaire. Puisqu'il a obtenu gain de cause, il le relâchera.

– Idée intéressante, reconnut Higgins.

– Vous devriez vous occuper de ce Drosetti.

– Pourquoi pas ?

Nerveux, le secrétaire particulier plia un trombone et le jeta dans sa corbeille à papiers.

– Mlle Cairo m'a semblé bien énigmatique, déclara l'ex-inspecteur-chef. J'ai le sentiment que vos rapports sont assez tendus.

William Morton remonta son col de chemise.

– Deborah est une intendante intègre et compétente, bien qu'affligée d'un caractère difficile.

– Autoritaire ?

– À sa façon. Je parlerai d'une commisération méprisante à l'égard des domestiques, qui lui permet d'obtenir exactement ce qu'elle désire malgré sa petite voix et sa faible personnalité, du moins en apparence.

– Travailleuse ?

– Oui et non. Elle ne fait rien d'elle-même, mais sait faire travailler les autres.

– Son ambition ?

– Rien pour elle, tout pour Sir Langston et la beauté du château. Pas une marque de doigt sur un miroir, pas une trace de poussière sur un tableau, pas un couvert de travers sur la table du maître : telle est sa loi, implacable. Son univers se limite à Dutchfield Castle ; aucune indiscrétion ne devait en sortir.

– Redoutable calculatrice, je suppose ?

– Erreur, inspecteur ! Elle ne réussit pas les additions les plus simples, mais elle est capable d'obtenir un plombier à n'importe quelle heure du jour, même en été. Deborah est irremplaçable.

– Aucune distraction ?

William Morton sourit.

– Elle éprouve un goût désuet pour les romans d'horreur du XIXe siècle, peuplés de fantômes, de spectres et d'ectoplasmes. Mais... pourquoi ces questions sur Deborah ?

– Simple curiosité.

– La soupçonneriez-vous, à un titre ou à un autre ?

– De quel délit l'accuser, M. Morton ?

– Ne voyez aucune insinuation malveillante dans ma question, inspecteur. Sachez que Deborah et moi éprouvons une profonde estime l'un pour l'autre.

– Sir Langston n'était-il pas en relation d'affaires avec un Japonais ?

William Morton hésita.

– Ce détail est assez confidentiel. Je ne sais pas si...

– Vous m'obligeriez.

– L'affaire est délicate. Ma discrétion...

– Je suppose que ce monsieur était invité à l'exposition et à la conférence. Le retrouver serait aisé, mais me fera perdre du temps.

– Il s'appelle Jim Yokumaza.

– Son nom ne m'est pas inconnu... Un célèbre chasseur de tableaux anciens, si je ne m'abuse ?

– La rumeur est parfois bien excessive. Sir Langston lui confiait des missions délicates.

– Où loge-t-il ?

– À l'hôtel Connaught.

– Sur ces missions délicates, que pouvez-vous dire ?

William Morton se raidit.

– Vous comprendrez bien que ma conscience professionnelle m'interdit de prononcer un mot de plus.

– Je m'en passerai donc.

– Comptez-vous l'interroger ?

– Ce doit être un personnage passionnant.

– Fort peu commode, je vous préviens.

– Votre sollicitude me touche.

– Il pense... à la manière japonaise, se réfère à d'autres valeurs, il...
– Nous tâcherons quand même de nous entendre.
– Cet entretien est-il indispensable ?
– Ne vous avisez pas de le joindre par téléphone et de lui conseiller de s'enfuir. Je jugerais cette intervention fort incongrue.
– Inspecteur... de quelle manière poursuivez-vous votre enquête ?
– Enquête est un bien grand mot ; je rends service à Ysi Toknow, avec l'espoir de la rassurer.
– Sans être indiscret, êtes-vous... confiant ?
– Non, M. Morton.

*
**

Malcolm Mac Cullough libéra ses nerfs en lâchant les chevaux de la Jaguar.
– Je n'aimerais pas être à ta place, avoua-t-il. Je préfère extirper leur vérité aux objets anciens plutôt que confesser les gens.
– Nous n'en avons pas terminé pour aujourd'hui, si tu y consens.
– Un peu d'exercice fait le plus grand bien à ma voiture. Pas frais, le secrétaire particulier ?
– Un homme étrange, j'en conviens.
– L'intendante me ferait presque peur.
– Tu n'aurais pas tort.
– Mme Caine a-t-elle été sincère ?
– Probable.
– Dieu, qu'elle est belle ! Un assassin ne peut pas avoir cette tête-là.
– Détrompe-toi, Malcolm. Le mal peut prendre tous les visages.

– Tu la soupçonnes ?

– En saine méthode, il faut soupçonner tout le monde, même la victime.

– Un suicide ? Je n'y avais pas songé ! Sir Langston, pourtant...

– J'attends de le rencontrer pour me faire une opinion sur sa véritable personnalité.

– Et s'il est réduit à l'état de cadavre ?

– Un cadavre ne manque pas de conversation, si l'on sait lui poser les bonnes questions.

CHAPITRE IX

Gavin Jerphanion habitait près de Brompton Oratory, église catholique bâtie dans le style de la Renaissance italienne, surtout célèbre en raison des quatre mille tuyaux de son orgue. Le quartier de South Kensington, au sud-ouest de Hyde Park, était chic et bien fréquenté ; Brompton Oratory lui convenait à merveille.

L'immeuble du peintre, dont Malcolm Mac Cullough connaissait l'adresse pour lui avoir vendu des statuettes africaines, ne manquait pas de classe ; pilastres à l'ancienne, fenêtres allongées, entrée à colonnade. Les deux amis établirent une stratégie : pendant que Higgins s'entretiendrait avec l'artiste, à supposer qu'il fût présent à son domicile, Mac Cullough rechercherait l'adresse d'Helen Eade.

La porte vitrée n'était pas fermée. Pas de sonnette. Higgins entra.

Accrochée à deux lustres, au-dessus de l'escalier, une banderole.

Bonjour ! Vous êtes chez Gavin Jerphanion, l'élu des Muses, le poète du pinceau, le Vermeer de l'art abstrait. Inclinez-vous, montez, posez votre chapeau et votre parapluie, venez m'admirer et boire un verre.

Higgins ne s'inclina pas, mais monta un escalier en marbre. Des effluves d'une musique saccadée agressèrent ses oreilles.

Au premier étage, une porte ouverte, donnant sur un vaste atelier. Conformément à la tradition, Higgins toussota pour signaler sa présence. En pure perte, car un jeune homme d'une trentaine d'années aux cheveux roux, vêtu d'un costume blanc sans manches, peignait, avec des gestes brusques, une femme nue, endormie sous un canapé recouvert de brocart ivoire. Çà et là, des vases remplis de chrysanthèmes. Sur deux tapis persans de grande taille étaient étalées des estampes japonaises. Une dizaine de statuettes orientales, disposées sur des guéridons, semblaient garder la pièce.

– Puis-je vous interrompre un instant, M. Jerphanion ?

– Ah, le misérable ! En pleine inspiration... j'allais trouver la couleur absolue.

Sur la toile, des traînées noires.

L'artiste se saisit d'un peignoir et le jeta sur la tête de la femme nue qui se réveilla en sursaut.

– Décampe, ordonna-t-il.

– Mais, chéri...

– Pas de sentiments mêlés à ma création, ils la dénaturent !

– Comme tu voudras. Mais la séance de pose n'est pas gratuite.

– Quelle horreur ! Tu n'as aucun sens de la beauté.

– Dix livres et cinq shillings.

– Dans la poche de mon manteau.

Le modèle s'habilla, se paya et partit en sifflotant.

– Déplorable, se plaignit Jerphanion, en ajoutant une dernière traînée plus noire que les autres.

Il recula, afin de contempler son œuvre. Dépité, il jeta son pinceau dans un bouquet de chrysanthèmes.

– La couleur absolue est remise à demain. Désirez-vous acheter le tableau ? Je suis si déprimé que je vous le donne pour dix mille livres.

– C'est au-dessus de mes moyens.

– Seriez-vous pauvre ?

– Je parlais de mes moyens intellectuels.

Gavin Jerphanion avait des sourcils broussailleux, aussi roux que ses cheveux. Les uns et les autres se dressèrent sous le coup de l'émotion.

– Vous ne seriez pas un amateur de vieille peinture ?

– Inspecteur Higgins, de Scotland Yard.

– La sauvegarde du royaume en personne !

– N'exagérons rien.

– La justice, la loi, l'ordre et la vérité ! Que d'utopies rassemblées dans votre personne... j'ai presque envie de faire votre portrait abstrait.

– Ne vous donnez pas cette peine.

– Je vous vois sous la forme d'un cube, avec un point vert, très pur et sans concessions.

– C'est gentil à vous.

– Scotland Yard... c'est pour moi que vous êtes venu ?

– Oui et non.

– Ça y est, j'ai compris ! Mon œuvre est condamnée par l'Inquisition et je suis accusé d'immoralité. Passez-moi les menottes, clouez-moi au pilori, torturez-moi ! L'art progresse grâce à ses martyrs. Je suis prêt.

– Nous envisagerons ces extrémités un peu plus tard.

– Alors... pourquoi cette visite ?

– Sir Langston Caine.

Le peintre leva les bras au ciel.

– Mon ami Langston, mon très cher ami ! Entendre

son nom est un plaisir divin... Puisque vous le connaissez, trinquons.

Jerphanion tira sur un anneau planté dans le parquet, souleva une latte et dévoila un bar.

– Prune du Yorkshire. Et ne me dites pas que vous êtes en service.

Higgins ne pouvait mentir ; il sacrifia donc à la coutume locale.

– Qu'avez-vous pensé de l'exposition, M. Jerphanion ?

– Tout n'était pas à jeter. J'innocenterais Vermeer, mais le reste... le figuratif est devenu impossible. Il faudrait brûler ces vieux tableaux qui encombrent la vue. Mais lui, lui, c'est un génie !

– Parlez-vous de Sir Langston ?

Le peintre vida son verre de prune et s'en resservit un autre.

– Bien sûr, du grand, de l'immense Langston ! Chacune de ses paroles est un trait de feu dans la nuit de l'esprit.

– Pourtant, il n'est guère favorable à l'art abstrait.

Le visage de l'artiste devint auguste, à la manière d'un empereur romain s'apprêtant à convaincre le Sénat du bien-fondé de sa politique.

– Illusion, inspecteur. Poudre aux yeux destinée à une foule stupide et à un public imbécile. La vraie pensée de Langston est ailleurs.

– Où exactement ?

Gavin Jerphanion pointa le doigt vers son portrait de femme nue en lignes noires.

– Là, inspecteur, dans le secret de la couleur absolue ! Je la cherche et je la trouverai. Langston Caine avait perçu l'intérêt de ma quête, de cette aventure de l'esprit, la plus formidable depuis celle de Vermeer !

– Vous habitez un superbe immeuble.

– Il m'appartient. Fortune familiale.

– Vivez-vous de votre peinture ?

La verve du jeune homme s'éteignit brusquement.

– Question bien indiscrète !

– Voyez-y une marque d'intérêt.

– Le grand art est difficile à vendre, et je peins très lentement.

– Sir Langston vous encourage-t-il ?

– Eh bien... j'aime beaucoup ce terme d'encouragement. Mon pauvre père aurait prétendu que j'avais dilapidé sa fortune ; Langston Caine m'aide à payer les fins de mois difficiles. C'est un homme merveilleux, généreux, sans préjugés. Sans lui, c'est vrai, je ne pourrais pas continuer.

– Merci de votre sincérité.

– Pourquoi cacherais-je la vérité ?

La prune n'était pas mauvaise, mais elle tournait la tête. Higgins s'était contenté d'y tremper les lèvres, afin de préserver sa rapidité et sa finesse d'écriture.

– Connaissiez-vous le thème de la conférence ?

– Le scandale du siècle, rien de moins ! Elle aurait fait voler en éclats le marché de l'art.

– Y compris les contemporains que vous admirez.

– Pour être tout à fait franc, je n'admire personne d'autre que moi-même et je n'ai encore rien vendu d'important. Que mes collègues soient dévalorisés m'arrangerait plutôt.

Higgins se promena dans l'atelier et prit des notes.

– La peinture vous passionne-t-elle, inspecteur ?

– Je suis un béotien.

– Ça, je n'en suis pas si sûr ! Votre façon de poser votre regard sur les objets témoigne d'un sens aigu de l'observation. Si vous acceptiez d'oublier vos préjugés figuratifs, je pourrais vous rééduquer.

– Quand avez-vous vu Sir Langston pour la dernière fois ?

Le peintre réfléchit.

– Une semaine avant l'exposition. Quand il est passé, je n'avais même plus de quoi m'offrir une tranche de lard et des œufs au bacon. J'avais acheté tant de tubes de couleur qu'il ne me restait pas un penny. Sir Langston a posé une liasse de livres sterling sur mon chevalet, et nous avons parlé de la couleur absolue.

– Vous a-t-il paru inquiet ou tourmenté ?

– Pas du tout. Il était guilleret, voire enthousiaste, comme un joueur d'échecs qui s'apprête à porter le coup décisif.

– Où pourrait-il se cacher, à votre avis ?

La question surprit Gavin Jerphanion.

– Lui, se cacher... ce n'est vraiment pas son genre !

– Il a pourtant disparu.

– Une seule explication : on l'a enlevé.

– Qui soupçonnez-vous ?

– Son ennemi, le critique Drosetti, n'aurait pas osé... Je songe plutôt à des marchands.

– L'éventail est large.

– Je commence à être très inquiet, inspecteur. Un avis de recherche a-t-il été lancé ?

– Ma démarche est tout à fait officieuse.

– Si William Morton n'intervient pas, je m'en occuperai.

Le visage du peintre s'était assombri.

– Sir Langston est un homme extraordinaire. Il faut le retrouver ; sans lui, le monde perdrait sa couleur.

CHAPITRE X

– J'ai l'adresse de Helen Eade, déclara fièrement Malcolm Mac Cullough. Elle travaille au journal *L'Odysseus,* dans Homeric Street.

La Jaguar se fit un plaisir d'y emmener Higgins. L'endroit était un îlot au cœur de la grande cité ; plusieurs ruelles se terminaient en impasse. Aux balcons, des géraniums ; les volets, peints en vert et en rouge, tentaient de faire oublier le gris du ciel.

Une barrière métallique interdisait l'accès d'Homeric Street, réservée aux riverains. Higgins s'aventura dans ce monde clos et paisible ; au fond de la ruelle, une enseigne proclamait : « *L'Odysseus.* Journal poétique grec. » L'ex-inspecteur-chef frappa et entra.

Il ne s'agissait pas d'un bureau classique, mais d'un appartement douillet, meublé de fauteuils Chesterfield en cuir et de bibliothèques en acajou de style gréco-romain ; sur des guéridons dont les pieds étaient en forme d'Aphrodite sortant du bain, des bouquets de pieds-d'alouette séchés et liés par une cordelette. Au mur, des photographies de l'Acropole d'Olympie, de Delphes et du Cap Sounion.

Assise à son bureau, une femme surprenante, jeune, les cheveux dorés, vêtue d'une cape lamée, perlée, et d'un pantalon également doré. D'un geste élégant, elle se retourna vers Higgins.

– À qui ai-je l'honneur ?

– Higgins, Scotland Yard.

Le doux visage aux grands yeux allongés, au nez aquilin et aux lèvres sensuelles, devint celui d'une furie.

– La police, chez moi ! Vous voulez m'empêcher de publier, de répandre la beauté dans ce monde pourri, mais je résisterai aux menaces !

Higgins contempla l'Acropole, mains croisées derrière le dos.

– Connaissez-vous l'*Ode à la Grèce,* d'Harriett J.B. Harrenlittlewoodrof ? Si ma mémoire est bonne, elle évoque « l'ombre bleue des colonnes sans nom, le galbe oublié des fuyantes statues et le sourire défunt des dieux orientaux ».

La colère d'Helen Eade disparut brutalement.

– J'ai entendu parler d'elle comme d'un futur Prix Nobel de littérature, mais je ne connaissais pas cette œuvre-là. Pouvez-vous continuer ?

Higgins rima quelques minutes. Ravie, Helen Eade but les vers agiles et parfumés.

– Connaissez-vous ma revue, inspecteur ?

– Je n'ai pas cet honneur.

– Elle est encore confidentielle, mais sera bientôt célèbre dans le monde entier.

– Je vous le souhaite.

– Voici notre dernier numéro.

Higgins le feuilleta avec attention. Le petit opuscule présentait deux caractéristiques originales ; d'une part, il n'était composé que de poèmes ; d'autre part, ces derniers étaient publiés en grec ancien. Il eut la sensation qu'il s'agissait là d'un frein certain, mais se garda d'en parler.

– Apprendre par cœur l'*Iliade* et l'*Odyssée* : voilà le premier devoir de tout être cultivé. Ma grand-mère était illettrée mais, dans notre bergerie d'Épire, elle me narrait les épisodes de la guerre de Troie et du voyage d'Ulysse. Dans la neige des rudes hivers, ou sous le soleil des étés brûlants, les mots résonnaient avec la même puissance.

– Vous évoquez votre grand-mère... pas vos parents ?

La fière Hellène remit en place une mèche rebelle.

– Je n'aime pas parler d'eux. Quelle est la raison de votre visite ?

– La disparition de Sir Langston Caine.

La belle poétesse regarda Higgins droit dans les yeux. La violence de ses vingt-cinq ans perça dans un regard noir.

– Oui, je suis sa maîtresse. Cela vous choque, je suppose ?

– La vie a ses passions que la morale ignore.

– Vous ne me condamnez pas, vous, un Anglais ?

– Mon seul but est de retrouver Sir Langston, et j'espère que vous m'y aiderez.

Helen Eade, soudain nerveuse, serra sa revue contre son cœur.

– Je ne connais pas la raison de son absence.

– Je ne vous ai pas vue, à l'exposition.

– L'art flamand m'ennuie.

– Vous ne souhaitez pas rencontrer Linda Caine, je suppose ?

– Détrompez-vous. Nous nous connaissons et nous nous estimons. Elle est belle, intelligente et raffinée.

– Une amitié serait-elle née ?

– N'allons pas jusque-là ! Elle est mécontente de cette situation, moi aussi ; mais qu'y pouvons-nous ?

– Le coupable est Sir Langston, me semble-t-il.

– Elle l'aime, moi aussi. L'une et l'autre avons admis, une fois pour toutes, que Langston ne changerait jamais de comportement.

– Le voyez-vous souvent ?

– Aussi rarement que sa femme. Langston est un mari et un amant courant d'air, qu'il faut saisir entre deux avions, entre deux conférences, entre deux expertises. Sa véritable famille, c'est Vermeer et la peinture de son époque. Notre dernière rencontre a eu lieu deux jours avant l'exposition.

– Pardonnez-moi d'être indiscret... Dans ces conditions, qu'est-ce qui vous attire vers lui ?

La belle Helen sourit d'aise, comme si de délicieux souvenirs traversaient sa mémoire.

– Je vais vous choquer, inspecteur. Je me moque de la richesse de Langston, de sa célébrité et de ses relations : il a sa vie, j'ai la mienne. Notre seul point commun est le plaisir partagé. Langston est un merveilleux amant. Il a cinquante ans, j'en ai vingt-cinq ; pourtant nos corps s'accordent à merveille. Il suffit qu'il apparaisse, et je suis émue ; il en est de même pour lui. Nous ne passons pas notre temps à de vaines discussions, et nous n'avons même pas besoin d'un lit. Ni habitudes, ni conventions, ni amour bourgeois : voilà pourquoi dure notre liaison.

La poétesse s'était enflammée, scandant ses phrases comme un aède chantant un hymne homérique. L'accent de la vérité tonitruait. Les yeux noirs d'Helen Eade défiaient Higgins, certains de l'avoir terrassé en faisant éclater son conformisme de policier anglais.

– Un amour aussi réussi est une œuvre d'art, constata-t-il.

La jeune Grecque sembla perdue.

– Vous... vous admettez notre comportement ?

– Je ne suis pas un homme d'Église, et il est peu probable que j'en devienne un. Retrouver vivant Sir Langston suffirait à mon bonheur, et surtout à celui de sa fille adoptive.

– Ysi ?

– La connaissez-vous ?

– Il m'en a parlé.

Helen Eade ne voulut pas en dire davantage ; appréhendant son caractère fougueux, l'ex-inspecteur-chef jugea bien de ne pas l'interroger plus avant, à ce stade de son enquête.

– Son secrétaire particulier doit savoir où il se trouve, affirma-t-elle.

– Ce n'est malheureusement pas le cas.

– Alors, c'est grave.

– Connaissez-vous le thème de sa conférence ?

– Je m'en moque. Un fait est certain : il n'aurait pas quitté l'Angleterre sans passer me voir. J'ai peur, inspecteur.

– Que redoutez-vous, mademoiselle ?

– Le pire.

CHAPITRE XI

Alexander Drosetti habitait un hôtel particulier de Mayfair, quartier huppé de la capitale britannique où l'on notait la plus forte concentration de Rolls-Royce et de Bentley. La Jaguar de Malcolm Mac Cullough ne dépara pas trop le paysage.

– Que sais-tu de ce Drosetti ? demanda Higgins.

– C'est le seul critique d'art de la taille de Langston Caine. Ils se battent par journaux interposés ; Drosetti est un adepte inconditionnel de la Renaissance italienne, et clame son admiration pour Raphaël, que Caine déteste. Voilà plus de vingt ans que les deux hommes se vouent une haine cordiale et affichent leurs dissensions.

– Sa famille ?

– Drosetti a hérité de quelques biens amassés par son père et son grand-père, des marchands de tableaux et d'antiquités qui eurent le nez creux. Il s'est contenté de les gérer, sans avoir besoin de travailler. Drosetti est un esthète et un mondain ; il méprise les chercheurs du genre de Caine.

L'hôtel particulier arborait la façade d'un blanc immaculé, rythmée par des colonnes ioniques. Au fronton, une fresque vénitienne narrant les fêtes sur le grand canal. Un perron en double hélice donnait accès à une porte de fer forgé ornée d'angelots joufflus. Une restauration n'aurait pas été superflue.

Higgins sonna.

Un valet de pied lui ouvrit.

– À votre service, monsieur.

– Pourrais-je voir Alexander Drosetti ?

– Monsieur est absent. Il participe à une chasse à courre.

– Quand sera-t-il de retour ?

– Après-demain.

– Je reviendrai.

– Qui dois-je annoncer ?

– Higgins, Scotland Yard.

Le valet de pied eut un haut-le-corps discret.

– Dois-je transmettre un message à monsieur ?

– Je m'en chargerai.

*
**

L'hôtel Connaught, le plus beau fleuron de Carlos Place, maintenait le prestige de l'Angleterre la plus traditionnelle et la plus aristocratique. La majorité de ses employés, zélés, discrets et efficaces, avaient des cheveux blancs ; dans les salles de réception, dans le hall et dans les chambres, seuls étaient admis des meubles anciens et authentiques. Nulle part, le modernisme et les mauvaises manières n'avaient pénétré. Dorures et stucs victoriens gardaient le souvenir de l'Empire, de même que les théières en argent, véritables pièces de musée entretenues avec un soin jaloux. Donnant sur une rue calme, le Connaught n'accueillait qu'une clientèle très aisée et de bon goût ; le personnel, hautain et d'une amabilité parcimonieuse, n'accordait pas sa confiance à n'importe quel hôte. Peu nombreuses, les chambres de l'hôtel étaient fort difficiles à obtenir. Résider au Connaught était la garantie d'appartenir au meilleur monde.

– Pourrais-je voir M. Jim Yokumaza ? demanda Higgins.

Le responsable de l'accueil dévisagea l'ex-inspecteur-chef. Il repéra la coupe du costume, la qualité du tissu, celle de la chemise, l'harmonie du nœud papillon ; la moustache, impeccablement lissée, complétait l'ensemble.

– Nous n'avons pas l'habitude de déranger nos clients, ni même d'indiquer qu'ils sont présents. Le Connaught est un lieu de sérénité où leur vie privée est entièrement privée.

– Soyez-en félicitée. Si vous y consentez, j'aimerais néanmoins lui parler.

– De la part de qui ?

– Dois-je vraiment vous le révéler ?

L'interlocuteur de Higgins prit un air offusqué.

– C'est indispensable.

– Higgins, Scotland Yard.

Un long silence succéda à cette terrible déclaration.

– Est-ce une démarche officielle ?

– Tout à fait officieuse.

– M. Yokumaza est un hôte exemplaire, qui s'exprime avec un parfait accent d'Oxford et parvient presque à nous faire oublier ses origines. J'ose espérer que sa réputation n'est pas en cause.

– Moi de même.

Prévenu, Jim Yokumaza annonça qu'il descendait.

Une dizaine de minutes plus tard, Higgins vit apparaître un Japonais de trente-cinq ans, vêtu d'un costume d'alpaga, massif et sûr de lui. Le regard pétillant, la voix était grave et posée.

– Higgins, Scotland Yard.

Le Japonais sembla amusé.

– Vous connaissez déjà mon nom ; de quelle manière puis-je vous aider ?
– En me parlant de Sir Langston Caine.
– Ah... cela risque de prendre un peu de temps. J'allais dîner ; acceptez-vous de vous joindre à moi ?

Les deux hommes s'assirent à une table de l'excellent restaurant du Connaught. Panneaux en chêne verni, lustres de cristal et grands miroirs lui conféraient une solennité digne de la grandeur de l'Empire. Les convives acceptèrent la suggestion du maître d'hôtel : queue de bœuf aux haricots verts, *stilton* du chef et volnay. Higgins appréciait particulièrement ce bourgogne chaleureux et fruité.

– Qui vous a parlé de moi, inspecteur ?
– Le secrétaire particulier de Sir Langston.
– Ce bon M. Morton ! Un personnage irremplaçable. Sans lui, Sir Langston n'aurait pas atteint un tel degré de notoriété.
– Si vous y consentez, j'aimerais mieux connaître vos activités.
– Elles sont multiples, inspecteur.
– Au Japon, ne dit-on pas que la fleur sous-entend le parfum ?
– Connaîtriez-vous mon pays ?
– J'y ai séjourné, pendant mon adolescence. C'est là que j'ai appris à tirer à l'arc, la flèche et la cible étaient une seule et même chose.
– Vous oubliez l'archer.
– Ne s'identifie-t-il pas au but à atteindre ?
– Quel fut votre maître ?
– Un vieux maître zen, grand connaisseur de Shakespeare.
– Je suis très flatté d'avoir à ma table un homme tel que vous.
– Et moi très honoré d'être votre invité.
– L'art de la politesse est la plus exquise des friandises, mais vous restez un policier, et moi un marchand.

Je négocie des tableaux, je m'adonne à la transaction de biens culturels, mais je reste un marchand. Autant vous l'avouer sans délai, ma valeur de référence est l'argent. Il est le seul dieu digne d'être honoré de nos jours ; toutes les divinités sont mortes, l'argent s'est imposé. Qui d'autre mérite un culte, à qui d'autre consacrer nos journées et nos pensées ?

– Êtes-vous fortuné ?

– Je commence à l'être. Mes parents étaient des gens modestes ; leur petit appartement leur suffisait. Moi, je veux l'aisance, une grande villa au Japon, plusieurs maisons à l'étranger. Le travail et l'astuce, inspecteur : voilà mes armes.

– Quels étaient vos rapports professionnels avec Sir Langston Caine ?

– Je lui servais de limier. Très jeune, j'ai lu un livre consacré à la peinture européenne. Sans efforts, j'ai retenu les noms, les dates, les titres des tableaux... et leur prix ! J'avais trouvé ma voie : désormais, je serais le meilleur chasseur sur le marché mondial.

– Que vous demandait Sir Langston ?

– De dénicher des tableaux introuvables et les acquérir. Pour un Vermeer, il se serait séparé de plusieurs Rubens.

– Il n'était pas votre seul client ?

– L'un des principaux. Mais... pourquoi parler de lui à l'imparfait ?

– Il a disparu. Les premiers résultats de mon enquête, tout à fait officieuse, ne m'incitent guère à l'optimisme.

– Vous étiez l'un de ses amis ?

– Je ne l'ai jamais rencontré.

– Pourquoi vous préoccuper ainsi de son sort ?

– Pour tenter d'apaiser les angoisses de sa fille adoptive.

– La jolie Ysi... elle est charmante, j'en conviens.

– Comment avez-vous connu Sir Langston ?

– Lors d'une vente aux enchères où je défendais les intérêts d'un puissant groupe industriel et financier japonais, qui m'honore de sa confiance. Nous nous sommes bien battus. Il a apprécié ma pratique du métier, nous avons décidé d'allier nos compétences.

Jim Yokumaza éclata de rire. Le souvenir de cette empoignade, débouchant sur un pacte rentable, l'amusait au plus haut point.

– Vous ne semblez guère préoccupé par sa disparition.

– Sir Langston est un personnage imprévisible. Peut-être a-t-il décidé de partir pour Sidney, afin d'acheter la toile d'un petit maître flamand.

– En ce cas, son secrétaire particulier et vous-même seriez au courant.

– Objection retenue. Alors, cherchez côté cœur.

– Auriez-vous des informations confidentielles ?

– Comme tout notable, Sir Langston avait une femme et une maîtresse. Linda et Helen sont ravissantes et intelligentes l'une et l'autre. Une troisième magicienne serait-elle entrée dans la danse ?

– Un collectionneur aussi célèbre ne suscitait-il pas haines et jalousies ?

– Bien sûr que si. Mais pourquoi supprimer un acheteur aussi éclairé et fortuné ?

– Parce que sa conférence allait bouleverser le marché de l'art et causer des faillites.

Jim Yokumaza rit de nouveau.

– La croisade de Sir Langston ! Une vieille utopie. Au fond de lui-même, il n'y croyait pas ; mais il aimait provoquer.

– Si je vous comprends bien, sa conférence n'avait guère d'importance.

– Du théâtre, rien de plus. Ne soyez pas inquiet, inspecteur ; Sir Langston réapparaîtra bientôt.

CHAPITRE XII

Malcolm Mac Cullough, au terme d'une journée épuisante, ramena Higgins à *The Slaughterers*. La Jaguar fendit avec allégresse le rideau de pluie et avala les *miles*.

– Tu n'as pas l'air satisfait.

– C'est le moins que l'on puisse dire.

– Aucune piste sérieuse ?

– J'avance dans un véritable fog londonien.

– As-tu au moins formé ton jugement ?

– J'ai besoin de réfléchir. Merci encore de ton aide, Malcolm.

– Cette nuit, je déchiffre un papyrus égyptien qui passe en vente après-demain.

– Les hiéroglyphes n'ont plus de secret pour toi ; ce sont d'excellents compagnons de route, sans crime sur la conscience.

*
**

Fatigué, Higgins s'assit au coin du feu. Trafalgar s'étira, se lécha longuement, puis se roula en boule aux pieds de son maître.

En face de l'ex-inspecteur-chef, Ysi Toknow se morfondait.

– Un peu de tisane de fleur d'oranger ?

– Oui, merci. Qu'avez-vous découvert ?

– Rien de suffisamment précis, hélas !

– Quelle est votre opinion, inspecteur ? Dites-moi la vérité, je vous en supplie !

– Je suis pessimiste, mademoiselle. Néanmoins, Jim Yokumaza, qui travaille pour votre père, croit à une sorte de fugue.

– Puisse-t-il avoir raison !

– N'ayez pas trop d'espoir.

La jolie Eurasienne fut au bord des larmes.

– Pourquoi me désespérez-vous ?

– Je n'ai pas le droit de vous mentir.

– Quelle certitude avez-vous acquise ?

– Aucune, je l'avoue, mais j'éprouve un mauvais pressentiment.

– Vous me décevez beaucoup, inspecteur. J'attendais des faits, non des sensations.

– Désolé.

– Avez-vous recueilli des menaces contre moi ?

– Pas la moindre.

Ysi Toknow se leva, irritée.

– Pourtant, le message posthume de mon père était limpide ! Ma vie est en danger, comme la sienne.

– Mon hospitalité vous est acquise.

*
**

Higgins beurrait un toast lorsque la sonnerie du téléphone troubla la quiétude de sa demeure. Trafalgar dressa des oreilles mécontentes, mais continua à déguster son émincé de lotte.

Mary ne tarda pas à apparaître.

– Pour vous. Urgent, paraît-il.

La voix émue de Malcolm Mac Cullough résonna dans l'écouteur.

– Une nouvelle fantastique, Higgins ! Langston Caine est réapparu. Son secrétaire particulier vient de m'appeler.

– Où a-t-il été retrouvé ?

– À l'hôpital.

– Des détails ?

– Rien d'autre.

– Accepterais-tu de me ramener à Dutchfield Castle ?

– J'allais t'en prier.

Higgins choisit un blazer bleu et un flanelle gris de chez Trouser's, se parfuma avec de l'eau de toilette de chèvrefeuille, puis frappa à la porte de la chambre d'ami.

– Réveillez-vous, Ysi. Votre père est vivant.

La jeune femme jaillit hors de son lit et ouvrit la porte. À peine sortie du sommeil, elle était déjà ravissante.

– Ai-je rêvé ou avez-vous dit...

– Habillez-vous le plus rapidement possible. Nous partons.

Un soleil pâle jouait avec des nuages blancs qui couraient vite dans le ciel. Dutchfield Castle dressait sa fière façade dans un décor champêtre et apaisant.

Ysi jaillit de la Jaguar et grimpa quatre à quatre les marches du perron ; Higgins la suivit plus lentement.

Elle se heurta à Deborah Cairo, qui se tenait sur le seuil.

– Je veux voir mon père.

– Du calme, ma petite.

– La police m'accompagne ; vous n'avez pas le droit de m'interdire d'entrer.

– Ce n'est pas mon intention, mais j'exige un peu de dignité, quelles que soient les circonstances. Inspecteur ! Nous n'espérions pas vous revoir si tôt. Vous a-t-on transmis la bonne nouvelle ?

– C'est la raison de ma présence ici.

– Désirez-vous vous entretenir avec madame ?

– S'il vous plaît.

Ysi fulminait.

– Mon père est-il ici ?

– Ne soyez pas insolente.

L'Eurasienne agrippa l'intendante par les épaules.

– Quelle insolence y a-t-il dans ma démarche ?

– Lâchez-moi immédiatement !

Linda Caine intervint pour mettre un terme à l'affrontement.

– Voulez-vous me suivre, inspecteur ?

Ysi s'interposa.

– Pourquoi ces mystères ?

– Calme-toi, chérie ; Langston va bien.

– Mais où est-il ?

– Il est parti pour Montréal afin d'y acheter un primitif flamand encore inconnu.

Abasourdie, Ysi se tourna vers Higgins.

– Je ne comprends plus...

– Venez, je vais vous expliquer.

Linda Caine, dans une robe bleue à volants, était ravissante. Elle conduisit Higgins et Ysi dans la bibliothèque dont elle referma les portes derrière elle.

– Je vous écoute, madame, dit Higgins en ouvrant son carnet noir.

– Hier soir, j'ai reçu un appel de l'hôpital d'Oxford ; mon mari me réclamait. Affolée, j'ai demandé à William Morton de prendre le volant. J'ai trouvé Langston commotionné, la tête pansée et un poignet cassé, mais vivant !

– Que s'était-il passé ? demanda Ysi, impatiente.

– Langston a eu un accident de voiture en se rendant à l'exposition. À cause de la chaussée humide, il a raté son virage ; le véhicule est tombé dans un fossé. Langston s'est évanoui. On n'a découvert l'accident que le lendemain ; non seulement Langston n'avait aucun papier sur lui, comme d'habitude, mais encore était-il victime d'une amnésie dont il n'est sorti qu'hier soir.

– Se souvenait-il des faits ? interrogea l'ex-inspecteur-chef.

– Fort bien, jusqu'à l'accident ; ensuite, le trou noir. Je lui ai proposé de le ramener au château ; l'accident l'avait visiblement éprouvé, et il avait besoin de repos. Il a refusé, prétextant un voyage urgent qu'il ne pouvait remettre sous aucun prétexte. À Montréal, il voulait rencontrer plusieurs collectionneurs et assister à une vente aux enchères. Comme le médecin le jugeait en état de voyager, je n'avais aucune raison de le retenir. J'ai pourtant tenté de le convaincre de renoncer à son projet ; mais il affirmait que l'affaire était de la plus haute importance.

– Avez-vous évoqué la conférence manquée ?

– Langston semblait s'en moquer ; seul ce voyage lui importait.

– Pardonnez-moi cette question cruelle : sa santé mentale vous a-t-elle paru satisfaisante ?

– Il parlait peu, mais avec sa fermeté coutumière ; il m'a semblé vieilli et très fatigué. Mais impossible de le faire changer d'avis.

Higgins se leva et ferma son carnet noir.

– Voici une affaire réglée, Mme Caine. Nous nous sommes inquiétés pour rien.

Ysi se jeta dans les bras de Linda.

*
**

– Je ne pouvais quitter le château sans vous saluer, dit Higgins à William Morton.

– C'est aimable à vous.

– Le retour de votre patron a dû vous procurer l'une des plus belles joies de votre existence.

– La plus belle, assurément.

Le secrétaire particulier essuya les verres de ses lunettes.

– Ce voyage à Montréal était-il prévu ?

– Non. Je l'ai organisé à la dernière minute, comme toujours. En m'appelant de l'hôpital, Sir Langston m'a donné des instructions précises. Son billet d'avion et ses réservations devaient l'attendre à l'aéroport. Ce ne fut pas facile, mais j'ai réussi.

– Félicitations. Ah... un dernier détail : Sir Langston aime-t-il conduire ?

– Une lubie, parfois. Un vrai danger public, d'autant plus qu'il oublie ses papiers.

– Bonne chance, M. Morton.

CHAPITRE XIII

À *The Slaughterers*, la vie avait repris son cours normal. Higgins, en vêtements de jardinier, s'occupait de sa pelouse et de ses rosiers. Il espérait, pour l'été, voir renaître la « princesse d'Ispahan », à la somptueuse robe rouge. Le scandale de l'absence de Sir Langston s'estompait, d'autant plus que l'exposition connaissait un immense succès. De l'avis général, le spécialiste de la peinture flamande et hollandaise avait offert un splendide cadeau à l'Angleterre en réunissant autant de chefs-d'œuvre au même endroit.

L'ex-inspecteur-chef avait rangé le carnet noir consacré à l'affaire Langston Caine dans son armoire secrète, hors de portée de Mary, au rayon des enquêtes incomplètes et sans suite. Après sa mort, si quelqu'un dénichait un jour cette collection de notes prises sur le terrain, il connaîtrait la vérité sur quantité de crimes que la raison d'État, la bienséance et l'hypocrisie n'avaient pas permis d'élucider.

L'attitude d'Ysi Toknow, aux yeux de Higgins, demeurait un mystère. Il ne songeait pas à la jeune Eurasienne sans émotion ; elle lui rappelait des épisodes agités de son adolescence en Orient, où les jeux de l'amour et du mystère se teintaient de poésie et de couleurs douces.

Du bout du doigt, Higgins éprouvait la solidité d'une épine, lorsque Mary l'interpella.

– Téléphone, encore. Je vous rappelle que je ne suis pas payée comme standardiste. Un jour, il faudra vous décider à installer un appareil chez vous. Avant d'entrer dans la cuisine, vous ôterez vos sabots.

S'inclinant devant cette exigence légitime, Higgins eut bientôt dans l'oreille droite la voix angoissée du superintendant Marlow.

– Higgins, un drame affreux !

– L'assassinat de Sir Langston Caine, je présume ?

– Vous savez déjà ?

– Déduction logique. Ysi Toknow ne m'avait-elle pas informé ?

– Cette fois, c'est sérieux. Nous avons le cadavre.

– Où a-t-il été retrouvé ?

– Dans la forêt qui environne Dutchfield Castle.

– Par qui ?

– Par Linda Caine, ou plus exactement par son chien.

– Identification certaine ?

– D'après sa femme, aucun doute. Higgins...

– Oui, mon cher Marlow ?

– Vos conseils me seraient précieux. Le Yard estime que la tenue de l'exposition, la conférence manquée et le meurtre sont liés. Je crains pour la sécurité de Sa Majesté, et je dois identifier au plus vite un assassin. Ma Bentley marche, je peux venir vous chercher séance tenante.

D'une part, Marlow, que Higgins considérait comme un policier consciencieux et honnête, semblait profondément troublé ; d'autre part, cette enquête, dont le goût d'inachevé avait irrité l'ex-inspecteur-chef, ne laissait pas d'être troublante. Qu'une femme identifiât son mari à la fois sous l'aspect d'un blessé hospitalisé et sous celui d'une dépouille mortelle cachée dans sa propre propriété nécessitait quelques éclaircissements.

– Je vous attends, mon cher Marlow.

*
**

Le superintendant avait acheté sa vieille Bentley à un revendeur douteux. La voiture, cependant, ne manquait ni de moralité ni de constance, mais elle préférait l'air de la campagne à celui de la ville. Dès qu'elle fut sur une route bordée de haies et de jardins, elle carbura avec une allure de jeune fille.

Marlow conduisait avec prudence, sous une pluie fine et régulière. Higgins, qui avait emporté sa valise d'enquête, comportant costume, chemises, sous-vêtements, chaussures, produits de toilette, *Influenzinum* contre la grippe et *Arnica Rhuta Rhustoxicodendron* contre l'arthrite, songeait aux vers délicats de Harriett J.B. Harrenlittlewoodrof sur la campagne anglaise :

Saules humides aux panaches d'argent,
Prairies mouillées aux souvenirs dolents,
Biches fragiles aux yeux d'espoir enfui,
Clairières d'or à jamais enfouies.

Costume trois pièces à rayures mal coupé, cravate mal assortie, chemise au col trop large, imperméable froissé : le superintendant ne prêtait guère attention à sa mise.

– L'affaire est effroyable, Higgins. Sa Majesté comptait recevoir Sir Langston pour le féliciter, et sans doute pour le décorer.

– Les hommes sont éphémères.
– Sa Majesté est obligée d'annuler la cérémonie. Quelle infamie ! Ce Langston aurait dû patienter avant de disparaître.
– Il n'est pas tout à fait responsable.
La vénération, teintée de passion, que Marlow éprouvait pour Élisabeth II lui faisait parfois manquer d'objectivité.
– Vous avez bien affirmé, Higgins, que Linda Caine avait identifié son mari, vivant, à l'hôpital ?
– En effet.
– J'ai vérifié. Un Langston Caine vient de prendre l'avion pour Montréal.
– Qu'en concluez-vous ?
– J'ai fait une autre vérification. Sir Langston était fils unique.
– Pas de frère jumeau ?
– Impossible à dissimuler, vous en conviendrez.
– Donc, un sosie.
– Hmmm... Ce serait trop simple.
– Pourquoi ?
– Parce que vous présumeriez Linda Caine innocente.
– Pas vous ?
– Certainement pas. Pour moi, elle est la coupable idéale.
– Éclairez-moi.
– Elle a menti, bien entendu, en prétendant identifier son mari sur un lit d'hôpital.
– Ce n'est pas certain ; supposez qu'elle ait été abusée.
– Invraisemblable !
– Nous avons tous un sosie, paraît-il.
– Pourquoi celui-là se serait-il manifesté ?
Higgins prit des notes sur son carnet noir.
– Excellente question, mon cher Marlow. J'y ajou-

terai une autre interrogation : quelqu'un avait-il intérêt à voir apparaître ce Caine-là ?

– Je ne vous suis pas.

– Nous verrons plus tard.

– Pour moi, Linda Caine a menti.

– En ce cas, pourquoi retrouver le cadavre de son mari et avertir Scotland Yard ? Si elle n'avait pas fait cette macabre découverte, qui aurait songé à fouiller le bois de Dutchfield Castle ?

L'argument gêna le superintendant. Il appuya sur l'accélérateur.

– Autre hypothèse, avança Higgins : le cadavre n'est pas celui de Sir Langston.

Marlow faillit rater un virage.

– Que supposez-vous ?

– Que le vrai Caine soit parti pour Montréal, et que le faux ait été enterré dans le bois.

– En ce cas, Linda Caine aurait menti !

– Certes, mais pas à l'hôpital.

Insidieuse, douloureuse, rampante, la migraine assaillit les tempes de Scott Marlow.

– J'ai beau tourner les faits dans tous les sens, Linda Caine est au centre du drame !

– À moins qu'elle ne soit victime, objecta Higgins. Nous dévoiler l'existence de ce cadavre ne l'avantage guère.

– Belle stratégie d'assassin !

– Je n'exclue pas votre idée, mon cher Marlow, mais la situation ne vous paraît-elle pas plus complexe ?

Le superintentant se concentra sur sa conduite. À l'approche de Dutchfield Castle, la pluie cessa. Ne subsistèrent que de longues écharpes de brouillard, mollement étendues sur les prairies et les bois. Marlow reprit la parole.

– L'homme que vous m'avez demandé d'observer... il passe des heures à l'exposition ! Ce type-là prépare un mauvais coup, c'est certain. J'ai ordonné une filature.

– Excellent.

– Pensez-vous qu'il est impliqué dans cette affaire ?

– J'en suis certain, superintendant.

CHAPITRE XIV

À la surprise de Marlow, Higgins ne demanda pas à voir immédiatement Linda Caine, mais l'intendante du château, Deborah Cairo. Il insista pour converser avec elle dans le parc, où elle ne s'aventurait jamais ; loin de son domaine habituel, elle sembla angoissée, manquant de points de repère.

– Cette fin d'après-midi n'est-elle pas délicieuse ? L'odeur tendre qui monte de l'herbe mouillée, ces grands arbres à la vie secrète, la majesté de la forêt... Vous avez beaucoup de chance, Melle Cairo.

La petite voix fut plus mourante que jamais.

– Je déteste la nature, inspecteur.

– Pour quelle raison ?

– Je l'ignore.

– Comment jugez-vous l'attitude de Mme Caine ?

– Je m'interroge, sans pouvoir trouver de réponse.

– Avez-vous vu le cadavre ?

– La dépouille de Sir Langston a été déposée dans sa chambre. Madame nous a interdit d'y pénétrer, mais sans la fermer à clé. Comme je me doutais que la police me demanderait d'identifier le corps, je l'ai examiné. C'est bien lui, inspecteur, c'est bien Sir Langston !

– Mme Caine se serait donc trompée, à l'hôpital ?

Le regard rond de poule affranchie se durcit brusquement.

– Qui croirait une pareille chose ? Une femme qui aime son mari ne pourrait pas commettre une aussi lourde erreur.

– Les relations entre Sir Langston et son épouse étaient-elles tendues ?

– Je suis payée pour servir Sir Langston et tenir sa maison, et ne reçois d'ordre de personne d'autre. J'ai froid, inspecteur ; j'aimerais rentrer.

Higgins ne tortura pas Deborah Cairo et accéda à sa requête. Sitôt le seuil franchi, elle disparut dans la vaste demeure, comme absorbée par elle.

Scott Marlow, furibond, haussait le ton face à William Morton, le secrétaire particulier de Sir Langston.

– Je vous rappelle, M. Morton, que j'appartiens à Scotland Yard et que je mène une enquête officielle. Toute obstruction de votre part serait hautement répréhensible.

Vexé, l'incriminé rajusta ses lunettes rondes en acier.

– N'exagérez pas, superintendant.

– M. Morton nous interdit l'accès aux appartements de Mme Caine, révéla Marlow à Higgins.

– Je tiens seulement à protéger son repos ; Madame a été choquée. Un peu d'humanité ne ternirait pas le blason de Scotland Yard.

– À elle de décider, suggéra Higgins. Pourriez-vous la prévenir de notre présence ?

– Il me faut la réveiller.

– À votre tour, n'exagérez pas.

Le secrétaire particulier utilisa le téléphone intérieur.

– Elle vous demande une dizaine de minutes.

– Comment ressentez-vous cette tragédie ? interrogea Higgins.

L'homme au nez pointu et aux cheveux grisonnants tira sur les pans de sa veste, soucieux d'impeccabilité.

– Comme une tragédie.

– Mais encore ?

– Adressez-vous à Mlle Deborah.

Scott Marlow fronça les sourcils.

– De quoi l'accusez-vous ?

– Une femme qui se couche très tard et lit des romans d'horreur fort avant dans la nuit ne peut être exempte de soupçons.

– Lesquels ?

– Je ne suis pas policier et je ne mène aucune enquête.

Le superintendant fulmina, mais Higgins, d'un regard complice, le dissuada d'insister.

– Annoncez-nous, M. Morton.

*
**

Linda Caine, malgré un visage soucieux et fatigué, incarnait une beauté lumineuse et sereine. Dans ses yeux vert d'eau brillait une tendresse infinie. Vêtue d'un corsage noir et d'une jupe rouge, elle semblait appartenir à un monde inaccessible.

Son salon particulier était une vaste pièce assez pompeuse, surchargée de dorures et de stucs. Au plafond, dont le centre était occupé par un lustre au cristal étincelant, courait une corniche en saillie. Au-dessus d'une cheminée en marbre, supportée par des Atlantes posant la main gauche sur leur tête, une magnifique glace vénitienne du XVIe siècle. De part et d'autre, des natures mortes dans le style flamand primitif.

Deux canapés se faisaient face. Linda Caine s'assit dans celui recouvert d'un tissu orange, parsemé de fleurs de lys, et invita les policiers à prendre place dans son vis-à-vis.

Marlow était heureux d'avoir Higgins à ses côtés ; il ne savait comment aborder le principal suspect de l'affaire Caine.

– Vous devez me prendre pour une folle, déclara-t-elle, la voix brisée.

– Nous sommes ici pour comprendre, dit Higgins avec douceur. À l'hôpital, vous avez bien identifié votre mari ?

– C'était lui, en effet.

– Il ne peut être à la fois mort et vivant ! intervint sèchement Scott Marlow.

Linda Caine perdit pied.

– Je vous jure que je ne mens pas !

– Calmez-vous, recommanda Higgins. Sur le moment, vous avez reconnu Sir Langston, n'est-il pas vrai ?

– Oui, inspecteur... je le maintiens. C'était son allure, sa manière d'être... malgré les pansements, je ne pouvais pas me tromper.

– La voix ?

– Il a fort peu parlé. Elle m'a semblée déformée, mais ses blessures n'expliquaient-elles pas cette légère anomalie ?

– N'avez-vous pas éprouvé un doute, une sensation de malaise ?

– Non, peut-être... je ne sais plus !

– Ne vous angoissez pas, recommanda Higgins. Un imposteur, bon comédien, a pu vous abuser. Hier soir, que s'est-il passé ?

– Je suis sortie avec Jocker, le chien de la maison, un berger écossais né ici il y a quinze ans. Par n'importe quel temps, il demande à faire sa promenade dans le parc. Lorsque le temps est clément, il s'aventure dans la forêt. Cette fois, il m'a entraînée dans un endroit presque inaccessible, une sorte de ravine. Comme il grattait la terre et poussait des couinements, je suis allée voir. C'était... c'était horrible !

Linda Caine posa les mains sur ses yeux.

Higgins la laissa reprendre ses esprits.

– J'ai appelé le coroner, poursuivit-elle. Il a aussitôt prévenu l'identité judiciaire et le légiste.

L'ex-inspecteur-chef se tourna vers Marlow.

– Babkocks, j'espère ?

– Bien entendu.

Babkocks était le meilleur médecin légiste du Royaume-Uni ; aucune forme de mort ne lui était étrangère.

– Ils ont fait le nécessaire, continua Linda Caine ; le corps de Sir Langston a été lavé. Il repose dans sa chambre.

– Est-ce bien votre mari ?

– C'est bien lui.

Higgins se leva, fit quelques pas, s'arrêta devant la cheminée, et ouvrit son carnet noir.

– Supposons que nous fassions fausse route, Mme Caine, et que ce cadavre soit celui d'un sosie de votre mari.

– Impossible.

– Pourquoi êtes-vous si catégorique ? s'étonna Scott Marlow.

– Parce que Deborah et William, malgré mon interdiction, ont examiné le corps, et n'ont pas émis le moindre doute sur son identité.

– Par conséquent, l'homme de l'hôpital n'était pas Sir Langston.

– C'est certain... Je me suis trompée.

– Ceci signifie que quelqu'un a monté une opération de grande envergure afin de vous abuser.

Qui pourrait avoir imaginé une machination aussi odieuse ?

– Je n'en ai pas la moindre idée. Scotland Yard ne devrait-il pas se préoccuper du faux Langston Caine ?

– Nous sommes sur sa piste, affirma Scott Marlow, irrité. Soyez certain que vous lui serez confrontée.

– Je ne me déroberai pas ; je veux savoir qui est cet imposteur, quel est le sadique qui m'a torturée ainsi !

Higgins tourna une page.

– Un détail m'intrigue, Mme Caine ; accepteriez-vous de m'éclairer ?

– En suis-je capable ?

– Assurément. Vous n'êtes pas l'épouse de Sir Langston, n'est-ce pas ?

CHAPITRE XV

Les beaux yeux vert d'eau de Linda Caine ne vacillèrent pas;

– Depuis quand le savez-vous ?

– Supposiez-vous qu'un fait de cette importance échapperait à Scotland Yard ?

– Bien sûr que non. Je m'apprêtais à vous dévoiler la vérité.

Marlow était stupéfait, persuadé que Higgins s'était fondé sur sa seule intuition pour formuler une affirmation aussi osée.

– Je n'ai pas tenté de vous abuser, poursuivit-elle ; Langston et moi ne jugions pas nécessaire de posséder des papiers prouvant notre union. Peut-être cette situation illégale aux yeux des conformistes et des puritains ajoutait-elle du piment à notre couple ; néanmoins, nous ne cherchions pas le scandale.

– Pardonnez la brutalité de ma question : formiez-vous encore un couple ?

Linda Caine pencha la tête de côté, attendrissante.

– Comment vous mentir, inspecteur ? Langston voyageait beaucoup, il était toujours pressé, il se passionnait pour la peinture qu'il avait élue comme sommet de l'art... L'entendre en parler offrait un plaisir tel qu'il effaçait tous les autres. Notre complicité, pourtant, n'avait pas disparu ; il souhaitait que je continue à être appelée Mme Caine et que je persiste à jouer le rôle de son épouse. Pour lui, comme pour moi, cette situation présentait des avantages certains ; il avait une confidente, moi un mécène et un protecteur.

Scott Marlow fut profondément choqué. C'était à cause de cette immoralité que l'Empire s'affaiblissait et que les valeurs de l'Angleterre victorienne perdaient du terrain. Quelle que fût sa beauté, Linda Caine penchait du côté du vice.

– Croyez-moi, insista-t-elle, je n'avais pas l'intention de dissimuler la vérité.

– Permettez-moi d'en douter, objecta Marlow.

– Non, je ne vous le permets pas ! Pourquoi aurais-je étalé mes secrets ? J'ai cru Langston sauvé, j'ai pensé que notre existence reprendrait comme auparavant... et puis ce corps sans vie dans la forêt ! Aurais-je dû clamer partout que Langston et moi n'étions pas mariés, étaler notre intimité sur le devant de la scène, me comporter comme une théâtreuse en mal de publicité ?

Le superintendant rougit ; l'attaque le déroutait. Il ne s'attendait pas à une réaction aussi violente de la part de l'élégante brune.

– Qui a tué Sir Langston ? demanda Higgins avec calme.

– Langston était un homme idéaliste, généreux et passionné. Qui peut assassiner ce genre d'être ?

– Merci de votre aide, madame.

*
**

William Morton aborda les deux policiers au milieu du grand couloir qui menait au hall.

– J'aimerais vous présenter mes excuses, messieurs ; mon comportement a été stupide. Sachez bien que mon aide vous est acquise.

– Nous en sommes heureux, indiqua Higgins ; précisément, un détail m'intrigue.

– À mon propos ?

– Vous êtes un homme méticuleux, M. Morton.

– Je m'y emploie, inspecteur.

– Vous connaissez donc l'itinéraire précis du faux Sir Langston, et son emploi du temps à l'heure près.

– Eh bien... non. Je me suis contenté, comme il le demandait, de lui réserver un billet d'avion et sa chambre d'hôtel.

– N'est-ce pas tout à fait inhabituel ?

– Euh... si.

– Comment expliquez-vous votre réaction ?

– Ma réaction ?

– Vous auriez dû vous étonner, demander davantage de détails, interroger votre soi-disant patron sur ses intentions.

Très raide, l'œil vide, William Morton ressemblait à un condamné devant la potence.

– J'aurais dû, en effet. Je suis impardonnable.

– Seriez-vous plus émotif qu'il n'y paraît ?

– Les sentiments ne doivent pas déteindre sur le travail. J'ai eu un assassin au téléphone, et je n'ai pas su le retenir.

Scott Marlow sursauta.

– Sur quoi fondez-vous votre accusation ?

Le secrétaire particulier reprit un peu d'assurance.

– L'évidence, superintendant. Ce bandit est probablement un important collectionneur qui a tué Sir Langston pour l'empêcher de prononcer sa conférence. Puis il s'est fait passer pour lui afin de pouvoir sortir d'Angleterre et disparaître à l'étranger.

– Cela suppose la complicité de Mme Caine.

– Bien sûr que non ! Sir Langston a été agressé dans le bois, loin du château. Quant à l'hôpital, qui ne se tromperait pas en voyant un proche couvert de pansements ? On veut le reconnaître, et l'on oublie tout discernement.

Higgins couvrit une page entière de son écriture fine et rapide.

– Ne quittez pas Dutchfield Castle, ordonna Marlow.

Le secrétaire particulier se haussa du col.

– Je n'en ai pas l'intention.

*
**

Joker, le berger écossais, sommeillait dans sa niche haute et profonde, mais peu confortable pour un vieux chien rhumatisant. Choquée par son horrible découverte, la pauvre bête avait eu une crise de nerfs ; aussi le vétérinaire lui avait-il administré un sédatif afin de l'endormir. Higgins conseilla à Deborah Cairo de lui faire avaler des granules d'*Ignatia*, remède contre la dépression et les angoisses.

Le bruit d'une pétarade troubla le silence du domaine. On aurait cru à l'atterrissage d'un avion-cargo, mais il ne s'agissait que de l'arrivée de Babkocks, juché sur une moto de l'armée, qui avait survécu au désert d'El-Alamein. À ses heures perdues, le médecin légiste la réparait lui-même.

Sortant d'un nuage de fumée, Babkocks ôta un casque allemand qu'il considérait comme la meilleure protection du motard. Il plongea la main droite dans l'une des poches de sa veste d'aviateur en cuir, héritage de la Royal Air Force, et en retira un vieux cigare qu'il alluma.

Higgins et Marlow descendirent du perron. Nonobstant l'odeur épouvantable, il appréciait Babkocks, le meilleur légiste du royaume. Sosie de Winston Churchill, mal embouché, d'une indépendance farouche, il savait faire parler un cadavre comme personne.

– Comment vas-tu, Higgins ?

– Le mieux possible.

– Pas comme Sir Langston ! s'exclama le légiste, hilare. Celui-là a fini de s'interroger sur le destin de cette fichue humanité.

Higgins remit à plus tard un long débat philosophique.

– Aurais-tu déjà tiré certaines conclusions ?

– J'ai effectué des prélèvements qui suffiront. Dès la fin de la veillée funèbre, je pratiquerai une autopsie complète, mais elle ne m'apprendra rien de plus. Ton cadavre est superbe, Higgins. La mort remonte à quatre jours, pas davantage.

– Sir Langston a sans doute été tué la veille de la conférence, observa Marlow.

– Des indices, d'après toi, sur le lieu de l'assassinat ? demanda Higgins.

– À première vue, il a été assassiné dans la forêt.

– De quelle manière ?

– Étranglé. La pression n'a pas dû être bien forte ; le bonhomme a été si surpris que l'émotion lui a fait perdre toute résistance. Le cœur a probablement lâché avant même qu'il ne soit asphyxié.

– Une femme pourrait-elle être coupable ? interrogea Marlow.

– Sans problème. Je me tue à vous répéter qu'une femme haineuse, fût-elle petite et malingre, déploie autant de force qu'un colosse mou. Dans le cas présent, une adolescente nourrie au mauvais porridge aurait réussi son coup.

Higgins nota avec soin les indications de Babkocks.

– Etat général du décédé ?

– En apparence, une bonne santé ; mais en apparence seulement. Pour un homme de cinquante ans, il était bien usé. Ce type ne devait pas arrêter de courir partout, sans prendre le moindre repos. Il ne buvait pas et ne fumait pas... quelle misère ! Le passionné type, nerveux, hypersensible, tout dans la tête et rien dans les...

– Je vois, l'interrompit Higgins. D'autres détails ?

– Une petite coupure, à la base de la nuque.

– Blessure grave ?

– Non.

– Arme blanche ?

– Peut-être, ou pierre coupante.

Higgins dissuada Babkocks de charger le cadavre sur sa moto. Une ambulance de la police le conduirait à la morgue dès le lendemain matin, au terme de la veillée funèbre.

Avant que la nuit tombât, Higgins et Marlow se firent conduire par un policier à l'endroit où le cadavre de Sir Langston avait été découvert.

Non loin du château, à l'entrée de la forêt, une ravine s'était creusée au pied de grands chênes. On s'enfonçait dans un sol très meuble.

– L'assassin n'a pas eu grand-peine à creuser une tombe, constata le superintendant.

Higgins recueillit un peu de terre dans la paume de la main.

– Exact, mon cher Marlow. Le soleil ne pénètre jamais ici ; l'humidité est constante.

– Quelle solitude ! Si le chien ne s'était pas aventuré dans les parages, personne n'aurait retrouvé Sir Langston.

– Un grain de sable dans la mécanique de l'assassin, conclut Higgins.

CHAPITRE XVI

Marlow était persuadé que Higgins souhaiterait passer la nuit au château ; mais l'ex-inspecteur-chef préféra rentrer à Londres, et même passer à Scotland Yard ! Deux policiers en uniforme restèrent à Dutchfield Castle pour protéger Ysi Toknow. À l'annonce de la mort de son père adoptif, la jeune fille s'était évanouie. Le médecin, appelé d'urgence, n'avait pas jugé son état alarmant, mais ordonné une cure de sommeil, sur place.

– Qui se trouvait au château, la veille de la conférence ? se demanda Marlow à haute voix. Linda Caine, Deborah Cairo et William Morton.

– Certes, répondit Higgins, mais n'oubliez pas que le crime a été commis dans la forêt. Quelqu'un a pu venir de l'extérieur. À votre liste de suspects, ajoutez donc Gavin Jerphanion, l'ami peintre abstrait, Helen Eade, la maîtresse grecque, Jim Yokumaza, le limier japonais, et même Ysi Toknow.

– Cette jeune fille ! Vous n'y pensez pas, Higgins... elle a presque sombré dans le coma !

– La faculté de simulation d'un assassin dépasse l'entendement, mon cher Marlow.

Nous omettons le personnage bizarre et vulgaire

sur lequel vous avez attiré mon attention, et qui fréquente chaque jour l'exposition. J'ai bien envie de le faire interpeller.

– Excellente idée.

– Pourquoi êtes-vous si pressé d'aller au Yard ?

– J'aimerais vérifier l'état civil de toutes les personnes impliquées dans cette affaire.

*
**

Scott Marlow se réjouit de l'attitude d'Higgins. Au lieu de s'égarer dans des théories mystiques, il se rendait à la raison et acceptait de pratiquer des méthodes scientifiques, domaine où Scotland Yard était imbattable.

Le superintendant, comme la plupart du temps, dormit dans son bureau ultra-moderne, où il avait installé un canapé, juste au-dessous du portrait de Sa Majesté Élisabeth II. L'endroit où résidait Higgins lui restait inconnu ; Marlow avait entendu dire que l'ex-inspecteur-chef avait gardé de nombreuses amies, toutes prêtes à l'abriter.

À 7 h 30, un Higgins impeccable, en blazer bleu et pantalon de flanelle grise, franchit la porte du bureau de Marlow, où régnaient le béton, l'aluminium et le verre. L'ex-inspecteur-chef fleurait bon la plus subtile des lavandes de chez Yardley.

Scott Marlow, quoique mal réveillé, brandit un message de l'étranger.

– Excellente nouvelle, Higgins ! Un Langston Caine a bien pris l'avion pour Montréal, y a débarqué, a résidé une nuit à l'hôtel réservé par William Morton, puis s'est évanoui dans la ville. La police québecoise ne refuse pas de nous prêter main-forte, mais se contente d'une enquête de routine. Je vais lui demander de déployer davantage d'énergie.

– Quel signalement avez-vous donné ?

– Celui du vrai Sir Langston.

– Vous misez donc sur un sosie.

– C'est la seule solution.

– Vous avez raison.

– Tôt ou tard, nous mettrons la main sur l'imposteur.

Higgins s'assit sur une chaise à trois pieds, au dossier métallique.

– Vous devriez ouvrir la fenêtre, mon cher Marlow, il fait au moins douze degrés.

– Impossible, Higgins ; elle est inamovible.

– Votre air conditionné est une invention nocive ; savez-vous qu'il véhicule un nombre incalculable de microbes ?

Higgins n'avait pas tort, mais Marlow tenait au progrès.

– Les vérifications d'identité furent fructueuses, révéla-t-il.

– Linda Caine, je présume ?

– Comment avez-vous deviné ?

– Inévitable.

– Non seulement elle n'est pas l'épouse de Sir Langston, mais encore fut-elle mariée à quelqu'un d'autre, dont elle a divorcé.

– Voyons... Non, ce serait absurde, quoique... Alexander Drosetti ?

– Higgins, vous êtes un sorcier.

*
**

Le critique d'art était rentré de la chasse à courre. Son maître d'hôtel accepta d'ouvrir la porte de l'hôtel particulier aux deux policiers, qui patientèrent dans un salon meublé en acajou massif de Cuba de la fin du XVIIIe siècle. De lourdes tentures d'un vert sombre empêchaient la lumière de pénétrer ; sur le manteau d'une cheminée en marbre rose était posé un vase contenant un mélange de benjoin et d'opopanax, qui réjouit les narines de l'ex-inspecteur-chef.

Mais le regard des hôtes se désintéressait de ces détails pour se concentrer sur plusieurs tableaux de la Renaissance italienne, de l'école de Raphaël. Mains derrière le dos, Higgins s'attardait devant l'un d'eux lorsque le maître des lieux fit son entrée.

Entièrement vêtu de blanc, une chaînette d'or autour du cou, une énorme chevalière du même métal à l'index droit, les cheveux longs et argentés, le visage semblable à celui de Lorenzo de Médicis, Alexander Drosetti ne manquait pas une occasion d'afficher ses lointaines origines italiennes, qui ne l'empêchaient pas d'être le plus anglais des Anglais.

– À qui ai-je l'honneur ?

– Superintendant Marlow et inspecteur Higgins, de Scotland Yard.

– Le Yard, notre illustre Yard, le fleuron de l'Empire, la sécurité pour tous ! C'est vraiment un honneur, messieurs.

Alexander Drosetti déclamait comme un tragédien et s'écoutait parler.

– Sir Langston Caine est décédé, révéla Higgins.

– Ah ! Tant mieux. Enfin, une bonne nouvelle ; ce siècle est si décadent que je n'osais plus espérer la disparition d'un esprit aussi médiocre.

– Votre article du *Times* était d'une rare méchanceté.

– D'une rare objectivité, voulez-vous dire ! Je l'ai traité, à juste titre, d'affabulateur et d'escroc.

– Comment justifiez-vous vos attaques?

– Par la Madone et tous les saints du Paradis ! Langston Caine éprouvait une passion si morbide pour Vermeer et ses contemporains que les autres formes artistiques lui semblaient dénuées d'intérêt. Il s'attaquait souvent à Raphaël, à ce merveilleux Raffaello Sanzio, le génie qui décora les chambres du Vatican, nous offrit les plus jolies Vierges, et enchanta notre regard avec *La Belle Jardinière* ! Savez-vous comment cet imbécile de Caine qualifiait l'admirable autoportrait de Raphaël ? Efféminé, mou et prétentieux !

– Affabulateur, je l'admets, mais... escroc ?

– La face cachée du personnage ! Aux yeux des ignorants, il passait pour un critique d'art intransigeant, prêt à pourfendre marchands et spéculateurs ! En réalité, il s'enrichissait grâce à ses connaissances ; il n'existait pas de meilleur acheteur et de meilleur vendeur. Officiellement, il courait le monde pour augmenter sa collection privée ; au passage, il en profitait pour s'enrichir. Escroc et margoulin : voilà le vrai Sir Langston !

– Depuis quand êtes-vous ennemis ?

– Depuis toujours. Quand j'ai assisté à sa première conférence, j'ai compris que nous serions des adversaires irréconciliables. Son style, ses idées, ses théories aberrantes, sa manière d'être... Tout me déplaisait. Nos rares discussions furent de sévères affrontements.

– Lui reconnaissiez-vous cependant une compétence en matière d'art hollandais ?

Alexander Drosetti agita la main droite, dédaigneux et irrité.

– Il le faut bien, puisque moi, je suis honnête.

– Donc, sa mort vous réjouit.

– Oui et non. Oui, parce qu'un forban disparaît ; non, parce que nos joutes intellectuelles finissaient par m'amuser. Entre spécialistes, on perçoit mille nuances que l'amateur ne remarque pas. Nous nous agressions par articles interposés, toujours plus léchés ! Il me manquera. Il me manque déjà.

– N'existait-il pas un autre motif à votre guerre ?

– Je ne vois pas.

– Linda Caine ne fut-elle pas votre épouse ?

– Ah, Linda ! Si, en effet. Un mariage précipité. Nous avons divorcé trois mois après, à l'amiable, sans éclats de voix. Elle est partie chez Caine.

– Votre réaction ? interrogea Marlow.

– L'indifférence.

– Difficile à croire.

– C'est pourtant vrai.

Higgins s'immobilisa, devant un tableau aux couleurs très fraîches, dans le style préraphaélite de l'école anglaise du XIXe siècle. L'œuvre jurait par rapport aux autres toiles. Sur un fond sombre, évoquant une forêt arthuriennne, se détachait un magnifique visage de femme, les yeux mi-clos, en extase.

– N'est-ce pas Helen Eade, la poétesse grecque ?

– Vous êtes un excellent observateur.

– Qui est l'auteur ?

– Vous ne devinerez jamais ! Je ne vous torturerai pas... Ce très beau portrait est dû au pinceau d'un peintre abstrait, apôtre de la couleur absolue, le petit Jerphanion.

– Surprenant.

– Vous le connaissez ?

– Trop peu.

– Il ne manque pas de talent, et cache bien son jeu avec ses barbouillages ! Dans l'abstrait, ce n'est pas le pire des artistes ; mais son point fort, c'est le pastiche. Regardez ce tableau : on jurerait un vrai préraphaélite ! Il est tellement réussi que j'ai accepté de l'exposer chez moi. On peut tout lui demander : il a le génie de l'imitation.

– Lui commandez-vous des toiles ?

– Non, je ne suis qu'un intermédiaire entre lui et les amateurs de ce style de peinture. À titre gracieux, je tiens à le souligner ; ne faut-il pas aider les jeunes artistes ?

CHAPITRE XVII

Brompton Oratory accueillait, tôt matin, un bel enterrement. Sans doute un notable catholique, qui quitterait le bas monde au milieu de couronnes de fleurs. Higgins et Marlow pénétrèrent dans l'immeuble de Gavin Jerphanion, dont l'entrée principale était toujours dépourvue de sonnette. La banderole, naguère accrochée à deux lustres, avait disparu. L'escalier en marbre rose, en revanche, conduisait encore au vaste atelier du premier étage.

Cette fois, pas de musique saccadée, mais un silence plutôt inquiétant, qui convenait mal au caractère baroque de l'endroit.

– J'éprouve un mauvais sentiment, déclara Marlow. Laissez-moi passer devant vous, Higgins.

Le superintendant manifestait un réel courage physique. L'ex-inspecteur-chef accepta, parce qu'il ne partageait pas l'inquiétude de son collègue.

Marlow buta dans des débris de verre ; les chrysanthèmes gisaient dans une flaque d'eau.

– Venez vite, Higgins !

Gavin Jerphanion était étendu sur un tapis persan, la tête couverte d'une toile inachevée, lacérée à coups de couteau.

Le superintendant ôta l'œuvre martyrisée et se pencha sur le corps du jeune homme.
– Il respire !
Higgins approcha.
– D'après l'haleine, son évanouissement est dû à un mauvais whisky. Je vous conseille l'eau du vase, à votre gauche.
Marlow déversa le contenu du récipient sur le visage de l'artiste. Gavin Jerphanion grommela, s'étira, et se réveilla.
– Où suis-je ?
– Chez vous, répondit Higgins.
– Je volais sur les ailes d'une cigogne complètement ivre... où a-t-elle atterri ? Je suis mouillé, ma parole !
L'artiste se redressa.
– Vous êtes Scotland Yard, non ?
Marlow lui tendit une serviette, ramassée sur un sac de voyage.
– Je ne savais pas la police si attentionnée.
– Un peu de dignité, exigea Marlow.
Le peintre se releva en se grattant la tête.
– Je boirais bien quelque chose...
– Pourquoi vous être saoulé ? demanda Higgins.
– La couleur absolue... elle me fuit. J'ai craqué, mais je ne renonce pas.
– Peut-être devez-vous fuir l'abstrait.
Jerphanion passa l'index dans ses sourcils broussailleux.
– Qu'est-ce que ça signifie ?
– Êtes-vous certain de ne rechercher que la pureté créatrice ?
L'artiste s'assit sur le rebord d'une caisse en bois contenant des tubes de couleur.
– Vous, vous insinuez quelque chose.
Inquiet, nerveux, Gavin Jerphanion se déplaça et posa son postérieur sur une valise oblongue.
– Je suis un homme libre, inspecteur ! Quand le

génie de la peinture s'impose à moi, comment lui résister ? Tantôt il m'oriente à droite, tantôt à gauche.

– Pourriez-vous être plus clair ?

– Eh bien, parfois, je suis contraint de quitter le sentier de la création pour faire des gammes sur l'art du passé...

– Imitateur, plagiaire... ou faussaire ?

Les cheveux roux de Jerphanion se dressèrent sur sa tête.

– Qui me calomnie ?

– Combien de tableaux « anciens » peignez-vous par mois ?

– Le bon génie de la peinture, vous dis-je ! Quand il guide ma main, je...

– Une dizaine ?

– Une dizaine, avoua le rouquin.

– Tous les styles ?

– Tout dépend des goûts du client. Vous comprenez, posséder un Rubens n'est pas à la portée des innombrables amateurs, même fortunés. Mon rôle est celui d'un bon Samaritain, qui procure des bonheurs artistiques à des esthètes ; sans moi, ils seraient inconsolables.

– Un bon Samaritain correctement rémunéré, néanmoins ?

– Les frais, mes fournitures, mon talent... Des copies sublimes, voilà le terme exact.

– Fort bien, admit Higgins ; mais le choix de votre homme d'affaires est assez étonnant.

Gavin Jerphanion regarda Higgins par en dessous.

– Vous voulez dire...

– Alexander Drosetti.

– Oui, bien sûr, mais...

– Le plus farouche ennemi de votre ami et protecteur, Sir Langston Caine.

– Le hasard de la vie, inspecteur.

– Sir Langston était-il au courant ?

– C'eût été délicat.
– C'est votre position qui devient délicate, M. Jerphanion.
– Je ne vois pas...
– Vous m'avez menti, en pleurant misère, et vous avez menti de la même manière à votre grand ami, Sir Langston. En réalité, vous jouiez sur deux... « tableaux », le sien et celui de son adversaire de toujours.
– Un peu de diplomatie ne nuit pas.
– Dois-je vous rappeler que Sir Langston a été assassiné ?
– Je le déplore, mais...
– Supposez qu'il ait découvert vos liens avec Alexander Drosetti, et qu'il vous ait menacé.
– Ce n'était pas du tout son genre !
Marlow considéra le peintre d'un œil nouveau. Ce dernier battit l'air de ses bras.
– Ne vous égarez pas, messieurs ! Ma position n'était pas facile, je le reconnais, mais j'éprouvais une réelle amitié pour Sir Langston.
– Pour Helen Eade également ?
Gavin Jerphanion blêmit.
– Helen Eade...
– Oui, la poétesse grecque dont vous avez peint un superbe portrait exposé chez Alexander Drosetti.
– Je me souviens, en effet... une jeune femme très douée.
– La maîtresse de Sir Langston, rappela Higgins.
Marlow fixa le peintre avec davantage d'intensité. Son cas devenait réellement passionnant.
– Supposons encore, continua Higgins, que vous ayez éprouvé de tendres sentiments pour cette belle poétessse. Sir Langston n'en aurait-il pas pris ombrage ?
– Vous vous égarez de nouveau !
– Vous-même l'auriez d'ailleurs considéré comme

un rival si encombrant qu'il fallait vous en débarrasser.

– Helen fut un modèle, rien de plus !

– Sur quoi êtes-vous assis, M. Jerphanion ?

– Ça ne vous regarde pas.

– Je crains que si, intervint Scott Marlow.

La puissance physique de Scott Marlow effraya Gavin Jerphanion. Il se leva, s'efforçant d'être digne.

– C'est une violation de propriété.

Passant outre, Higgins ouvrit la valise oblongue. Elle contenait deux tableaux, représentant une jeune fille très dévêtue, dans le style académique de Poussin.

– Superbe, M. Jerphanion. À qui sont destinés ces petits chefs-d'œuvre ?

– À un membre de la Chambre des communes qui apprécie beaucoup cette époque.

– Ce délicat visage ne m'est pas inconnu, remarqua l'ex-inspecteur-chef. Ne s'agissait-il pas d'Ysi Toknow ?

– Peut-être bien...

– Vous êtes décidément très lié à l'entourage de Sir Langston.

– Qu'allez-vous supposer, inspecteur ?

– Que vous êtes tombé amoureux de cette délicieuse jeune fille.

– Par tous les saints du paradis !

– Comment vous le reprocher ?

– C'est un excellent modèle, d'accord, mais...

– Vous n'êtes guère convaincant, M. Jerphanion. Au seul nom d'Ysi Toknow, votre regard s'est éclairé.

– Vous me gênez, inspecteur... vous finiriez par croire que je suis un bourreau des cœurs !

– Et quand bien même ?

Scott Marlow était mal à l'aise. L'amoralité de Higgins faisait déraper l'enquête.

– N'existait-il pas une rivalité entre vous ? s'enquit l'ex-inspecteur-chef.

– De quel ordre ? s'étonna Gavin Jerphanion.
– N'est-elle pas artiste peintre, comme vous ?
– Étudiante, inspecteur, simple étudiante !
– Partageait-elle vos goûts ?
– Nous n'en parlions pas. Je lui demandais de poser, elle obéissait, et restait silencieuse et immobile jusqu'à la fin de la séance. Une véritable merveille ! J'ai fait au moins cent portraits d'elle, dans les styles les plus variés, et j'ai bien envie de continuer, dès qu'elle sera sur pied.
– Sir Langston était-il informé de votre liaison ?
– Une simple relation professionnelle, inspecteur, rien de plus !
– Nous en reparlerons, M. Jerphanion.

CHAPITRE XVIII

Babkocks, rapide et péremptoire, avait apporté lui-même les résultats de l'analyse au bureau de Scott Marlow. Ils ne modifiaient en rien ses précédentes conclusions. À Montréal, la police recherchait toujours le faux Sir Langston Caine, sans succès ; malgré l'insistance de Marlow, elle ne prenait guère d'initiative, attendant que le poisson se prenne dans le filet.

Deux policiers en uniforme amenèrent l'homme étrange qui, selon ses habitudes, se trouvait à l'exposition dès l'ouverture, et examinait chaque tableau pour la vingtième fois. L'apparence du personnage ne s'était pas améliorée ; de grosses lunettes lui mangeaient le visage, sa peau mate et grasse luisait sous la lampe puissante qui l'éblouissait, ses cheveux gris semblaient sales et son rase-pet en cuir avait besoin d'un sérieux nettoyage. La voix était poisseuse et languissante.

– Votre nom, exigea Scott Marlow, martial.

– Un instant, Sir ! Pourquoi suis-je ici ?

– Appelez-moi superintendant.

– Je veux connaître les raisons de cette interpellation.

– Enquête criminelle.

– Ah...
– Seriez-vous assez aimable pour nous préciser votre identité ? demanda Higgins, qui allait et venait derrière le suspect, assis de trois quarts sur une chaise inconfortable.
– Je m'appelle John Jones et je suis américain.
– Motif de votre séjour en Angleterre ? demanda Marlow.
– Tourisme.
– Tourisme très orienté ! Vous ne quittez pas la galerie où sont exposés les chefs-d'œuvre rassemblés par Sir Langston.
– L'art hollandais est ma passion ; je ne me lasse pas de le contempler. Certaines de ces toiles rejoindront des collections particulières et ne seront plus jamais offertes au regard des amateurs. Vous comprendrez mon assiduité.
– Quelle est votre profession ?
– Je... critique d'art.
– Où exercez-vous ?
– Aux États-Unis.
– Dans quel journal publiez-vous ? interrogea Higgins.
– Une petite feuille spécialisée.
– Son nom ?
– Le... *La Gazette artistique* de Boston.
– Dans quel domaine êtes-vous spécialisé ?
– Les... les petits maîtres flamands.
– Comme Upperdinck de Brabant, par exemple ?
– Voilà. Mais vous parliez d'une enquête criminelle... Qui a été assassiné ?
– Connaissiez-vous Sir Langston Caine ?
John Jones se tassa sur sa chaise, au risque de tordre le dossier métallique.
– Oui... enfin, non. On a dû se rencontrer, ici ou là, mais sans vraiment se parler. Comme deux étrangers dans un cocktail, vous voyez ?

– Plus ou moins. Pour être présent au vernissage, vous aviez bien reçu un carton d'invitation.

L'Américain fouilla dans sa poche.

– Je l'ai.

Il le posa sur le bureau du superintendant.

– Vous figuriez donc parmi les invités privilégiés de Sir Langston.

– Si on veut...

– Bizarre, pour quelqu'un qu'il connaissait si peu.

– Chez les artistes, rien ne se passe comme ailleurs.

– Vous n'en êtes pas un, M. Jones, et la peinture flamande n'est sûrement pas votre fort.

– Je proteste, je...

– Upperdink de Brabant n'existe pas.

– D'accord, je m'intéresse aux grands maîtres, pas aux petits. Vous voulez une preuve ?

– Vous nous obligeriez, le superintendant et moi-même.

– Donnez-moi une feuille de papier et un stylo.

Avec soin, Higgins détacha un feuillet de son carnet noir et la tendit au suspect, Marlow lui prêta un stylo à encre.

Jones traça une ligne verticale. À gauche, il écrivit le nom d'un peintre et le titre d'une œuvre ; à droite, sa valeur marchande.

Higgins étudia les indications, plia le feuillet et le glissa dans son carnet noir.

– Remarquable, constata-t-il.

– Qui a tué Sir Langston ? demanda Jones.

– Quand êtes-vous arrivé à Londres ? interrogea Scott Marlow, incisif.

– Trois jours avant l'ouverture de l'exposition et la soirée inaugurale.

– Où logez-vous ?

– Dans un petit hôtel de l'East End.

– Son nom ?

– Je... je ne me souviens plus.

Le ton de Marlow se durcit.
– Répondez, M. Jones.
– Le Saville… oui, c'est ça, le Saville Hôtel.
– Votre emploi du temps ?
– Shopping, flânerie, repos, restaurants, rien de particulier.
– Des témoins ?
– À quoi bon ?
– C'est un peu mince.
– De quoi me soupçonnez-vous ?
– D'avoir assassiné Sir Langston.
John Jones se leva brusquement et frappa du poing sur le bureau du superintendant.
– Vous êtes cinglé ou quoi ? Moi, un tueur ! Moi, l'assassin de Langston Caine !
– Rassurez-vous et calmez-vous, ordonna Marlow ; sinon, je vous passe moi-même les menottes et je vous enferme.
À contrecœur, Jones obéit.
– Vous commettriez une belle erreur, croyez-moi.
– Pourquoi donc ? s'enquit Higgins.
– Savez-vous où Sir Langston devait se rendre ?
– Nous vous écoutons.
– À Montréal.
Higgins recommença à prendre des notes.
– Puisque vous êtes si bien renseigné, qu'allait-il y faire ?
– Rafler à bon prix une toile inestimable, dans une vente aux enchères. Il n'existait que deux concurrents sérieux : lui et un groupe d'investisseurs. Mais Caine possédait un avantage certain : il avait plus ou moins acheté le commissaire-priseur et apportait des garanties financières bien supérieures. De plus, il était informé, grâce à son meilleur limier, de la somme exacte que ses adversaires ne dépasseraient pas. Mais Caine ignorait qu'ils savaient qu'il savait… un superbe poker menteur ! Superbe et dangereux. Pour empê-

cher Caine d'enchérir, il existait une solution radicale : le supprimer.

– Qui étaient ces investisseurs ?

– Un groupe international, sans âme et sans visage. Du moins, je le suppose. Ça demande à être vérifié.

– Le nom du limier de Sir Langston ?

– Jim Yokumaza, un type redoutable. Je me demande s'il ne mangeait pas à plusieurs râteliers.

– Aurait-il trahi son employeur ?

– Ça ne m'étonnerait pas.

– Vous êtes un bien curieux critique d'art, M. Jones.

– Je vois que vous m'avez compris. Quand des sommes colossales sont en jeu, surtout quand elles proviennent d'assurances détournées, des gens comme moi deviennent passionnés d'art. Je suis libre, je suppose ?

– Ne quittez pas Londres.

*
**

Scott Marlow fulminait.

– Mais enfin, Higgins ! Pourquoi l'avez-vous laissé partir ? Je suis persuadé que ce bonhomme nous ment.

– Vous avez raison, superintendant.

– Nous aurions dû l'interroger plus longuement et à fond.

– Il nous a tout dit.

– Et si son alibi est faux ?

– Il l'est, soyez-en sûr.

– Pourquoi ne pas l'arrêter ? S'il est mêlé au crime, il ne résistera pas à un interrogatoire en règle.

– Ne le perdez pas de vue et découvrez sa véritable identité.

– Quelle est votre hypothèse ?

– Trop tôt pour la formuler ; mais ce Jones est loin d'être un imbécile. Son apparence est peu engageante, je vous le concède, mais elle cache un esprit vif et décidé. Lui aussi mène une enquête ; laissons ses efforts s'ajouter aux nôtres.

Dérouté, Marlow, prit connaissance du message urgent que lui apporta un planton. Son visage s'illumina.

– Intéressante nouvelle, Higgins, Jim Yokumaza a tenté de quitter l'Angleterre.

CHAPITRE XIX

Décontracté, élégant, Jim Yokumaza fit une entrée brillante dans le bureau du superintendant. Une mallette noire à la main, il s'assit à la manière d'un client important venant négocier un gros contrat.

– Modernité agressive, mais conquérante ; mes félicitations au décorateur de Scotland Yard. Prenez garde, cependant, à l'usure du métal.

– Vous êtes en état d'arrestation, déclara Marlow, pour tentative de fuite.

– Allons, superintendant, cette grotesque accusation ne tiendra pas la route ! J'aimerais savoir pourquoi je suis ici.

– Parce que vous vouliez quitter l'Angleterre sans mon autorisation en prenant un avion pour Montréal.

– Puis-je fumer ?

– Je vous en prie.

D'un porte-cigarettes en or, Jim Yokumaza en sortit une et l'alluma avec un briquet serti de diamants. Du coin de l'œil, il surveillait Higgins, debout à sa droite.

– Pourquoi cette précipitation ? demanda l'ex-inspecteur-chef.

– Les affaires n'attendent pas.

– Pourquoi Montréal ?

– Secret professionnel.
– Je vais vous aider : il s'agit d'une vente aux enchères.
Pendant quelques secondes, le Japonais demeura totalement immobile.
– Félicitations, inspecteur. Cette interpellation, à l'aéroport, m'avait déjà beaucoup surpris ; je ne pensais pas que la vieille police de Sa Majesté s'intéressait de si près à ma modeste personne. Mais là, vous m'étonnez ! Scruter mon existence à ce point, c'est presque de l'inquisition !
– Nous menons une enquête criminelle. L'assassinat de Sir Langston Caine est forcément lié à ses activités.
Jim Yokumaza ne sourcilla pas.
– Permettez-moi de déplorer la perte d'un ami, d'un grand expert et d'un esprit délicat. Grâce à des personnalités de cette taille-là, la connaissance des arts ne cesse de progresser.
– Ne faudrait-il pas surtout évoquer la valeur marchande des tableaux ?
Le Japonais sourit.
– Je m'aperçois que vous avez mal saisi ma position, inspecteur. La beauté d'une œuvre n'existe pas en elle-même ; elle est étroitement dépendante de sa valeur que vous qualifiez de « marchande », c'est-à-dire de la somme d'argent qu'un homme ou une institution sont prêts à débourser pour l'acquérir. Croyez-vous que l'on parlerait du génie de Van Gogh ou de Vermeer si leurs œuvres n'occupaient pas les sommets de la hiérarchie financière ? Un peintre médiocre ne vaut rien, et c'est justice ; dès qu'une toile devient inestimable, elle m'intéresse, car il sera néanmoins obligatoire de fixer un prix et de déclencher une bataille. Vous autres, Occidentaux, êtes d'incorrigibles romantiques et de fieffés menteurs ; vous faites semblant de dissocier l'art et l'argent, vous

magnifiez les qualités d'un peintre en omettant de préciser son poids monétaire, alors qu'il détermine votre jugement. Devant une œuvre de grand prix, les amateurs d'art affirment : « C'est cher parce que beau » ; les ignares : « Puisque c'est cher, ce doit être beau » ; les imbéciles : « Je trouve ça laid, mais puisque c'est cher, je dois me tromper » ; les plus prudents : « C'est cher et c'est beau ». Catégories ridicules, messieurs ! Et l'on pleure sur ces pauvres artistes qui, de leur vivant, avaient à peine de quoi manger. Le prix est de même nature que la qualité esthétique de la toile, voilà la vérité ; il en est même l'élément essentiel, car il est le seul sur lequel on peut influer après que le tableau ait été peint. Une œuvre très chère joue un rôle majeur dans notre société, dans la mesure où elle confère une gloire discrète, mais réelle et permanente, à son possesseur. C'est lui qui en tire profit et en profite, non son auteur. L'art, parce qu'il possède une valeur marchande de plus en plus forte, donne du pouvoir. Le reste n'est que rêverie.

Scott Marlow regretta de ne pas être à la tête de la Royal Navy ; sans doute eût-il donné l'ordre d'attaquer le Japon et de le réduire à l'état de l'Atlantide.

Higgins mit sous les yeux du Japonais le feuillet rédigé par John Jones.

– Que pensez-vous de ces cotations, M. Yokumaza ?

Le Japonais déchiffra très vite.

– Très précises, à l'heure où nous parlons. Seriez-vous devenu un expert de niveau mondial, inspecteur ?

– Connaissez-vous un dénommé John Jones ?

Malgré son étonnant sang-froid et sa capacité à maîtriser ses réactions, Jim Yokumaza se crispa légèrement. D'un doigt nerveux, il fit tomber dans un cendrier la cendre de sa cigarette dont il tira aussitôt une bouffée afin de reprendre contenance.

– Jamais entendu parler. S'il est l'auteur de ce barème, félicitez-le.

– Revenons à cette vente aux enchères, proposa Higgins. Que comptiez-vous y faire ?

– Vendre et acheter, comme il se doit.

– Surtout un tableau exceptionnel, n'est-il pas vrai ?

– Comment en serait-il autrement ?

– La lutte serait acharnée, m'a-t-on dit.

– C'est toujours le cas, inspecteur, lorsque l'œuvre est digne d'attention.

– Sir Langston était-il bien placé ?

– Nous avions travaillé pour gagner.

– Contre un puissant groupe financier ?

– L'ennemi n'est jamais négligeable, mais tout dépend des atouts que l'on possède.

– Les vôtres étaient-ils majeurs ?

– Je l'espère.

– Vous travaillez bien pour Sir Langston ?

– Ce n'est pas un mystère ; je vous l'ai révélé moi-même.

– Un personnage bien gênant, parfois, car trop entreprenant ; seriez-vous capable de tuer, M. Yokumaza ?

Le Japonais écrasa sa cigarette avec délicatesse, comme s'il supprimait un obstacle, sans violence ni ressentiment.

– Bien entendu, si c'est nécessaire. Les Occidentaux sont désarmés devant la mort, qu'ils redoutent comme des enfants apeurés ; mes ancêtres ont beaucoup tué, parce que le maniement du sabre faisait partie de leur éducation. Même si je suis habillé comme vous, même s'il me faut gagner des marchés et non des combats à l'arme blanche, ma culture profonde n'a pas changé.

– Avez-vous déjà commis un meurtre ?

– Je vous laisse juge, inspecteur ; à Scotland Yard

de le découvrir. Trop parler, dans notre métier, c'est se condamner à disparaître. Vous feriez fausse route en croyant que j'ai une âme de criminel. Lorsque vous écrasez une guêpe qui menace de vous piquer, qui vous considère comme un assassin ?

– Un homme est-il comparable à une guêpe ?

– La même puissance vitale les habite, même si elle prend des formes différentes. Seule notre appartenance à une espèce nous entraîne à affirmer qu'elle est supérieure aux autres.

Scott Marlow subissait une difficile épreuve. En face de lui était assis un tueur froid et sacarstique qu'il n'avait pas la possibilité d'arrêter. Yokumaza défiait le Yard en toute tranquillité, comme s'il se trouvait à jamais hors d'atteinte.

– Vous êtes soupçonné d'assassinat sur la personne de Sir Langston Caine, révéla Higgins.

– Des preuves ?

– Je suppose que, tel un agent double, vous aviez partie liée avec les adversaires de Sir Langston et que ceux-ci vous ont demandé de le supprimer parce qu'il allait acquérir un tableau inestimable.

– Erreur, inspecteur ; dans cette partie-là, j'étais l'allié inconditionnel de Sir Langston. C'est moi qui ai monté toute l'opération et lui ai fourni les renseignements décisifs. En raison de la commission qu'il m'avait promise, je n'avais pas intérêt à le trahir. Caine était un homme généreux ; il savait investir à bon escient et mettre le prix ; c'est pourquoi il avait atteint des sommets, en attirant le respect des professionnels.

– Dois-je comprendre qu'aucun d'entre eux, vous compris, n'aurait tué Sir Langston ?

– Votre conclusion doit déjà être inscrite sur l'une des pages de votre carnet noir.

– Je me méfie des idées préconçues, M. Yokumaza.

Puisque votre patron du moment est mort, pourquoi aller à Montréal ?
– Par rigueur technique : je veux assister au déroulement de cette vente.
– Ce sera malheureusement impossible ; tant que nous n'aurons pas arrêté l'assassin de Sir Langston, nous vous demanderons de prolonger votre séjour au Connaught.
– C'est un excellent hôtel.
– Vous vous y reposerez ; après l'agitation de ces derniers jours et votre emploi du temps surchargé, vous goûterez ces moments de détente.

*
**

Scott Marlow déchira des rapports périmés et jeta les morceaux dans sa corbeille.
– Un monstre... nous tenons un monstre, et il est en liberté sur notre propre sol ! Je mets une dizaine d'agents sur son dos. Pas un seul de ses gestes ne nous échappera.
– Trop tard à mon sens.
– Pourquoi donc ?
– Jim Yokumaza ne bougera plus. Il restera terré dans sa chambre d'hôtel et attendra la fin de la tempête.
– Vous évoquiez son emploi du temps... en connaissez-vous le détail ?
– Non, mais notre limier japonais a dû beaucoup s'agiter.
Marlow sut que Higgins n'en dirait pas davantage. Lorsqu'il élaborait une théorie, l'ex-inspecteur-chef devenait inabordable. Personne n'avait jamais réussi à le faire parler.

– S'il existe des faits concrets, Higgins...

– Yokumaza ne nous a menti qu'une seule fois, mon cher Marlow. Mais si l'avenir confirme mes craintes, ce mensonge le conduira en prison.

CHAPITRE XX

Lorsqu'il pleut sur Londres, le macadam, dont l'invention est due à un génie écossais discutable selon les amateurs de prés verdoyants, luit d'une manière inimitable. Qui a beaucoup voyagé sait que les pneus britanniques glissent d'une certaine manière sur la chaussée mouillée, avec un raffinement qui ne dispense pas les conducteurs de remarquables accidents.

Helen Eade ne se trouvait pas au siège du journal *L'Odysseus,* dans Homeric Street. Une jeune Grecque aux yeux de biche précisa que la directrice de l'organe poétique n'y passait que quelques heures par semaine, préférant chercher l'inspiration dans la campagne, les chemins creux et les horizons oubliés.

Les deux policiers remontèrent dans la Bentley. La vieille voiture accepta de s'engager dans d'énormes embouteillages afin de gagner Fleet Street.

– Votre poétesse est une belle menteuse, nota Marlow.

– Seulement par omission, ajouta Higgins.

– Croyez-vous qu'elle soit liée au crime ?

– La maîtresse de la victime ne saurait être en dehors du drame.

– Assassin ou complice ?
– Trop tôt pour trancher.
L'immeuble noirci par les fumées, le smog et les émanations des véhicules abritait le siège social d'une vingtaine de revues. Marlow consulta la fiche que le Yard avait rédigée, à la suite de recherches approfondies.
– Troisième étage.
Un liftier emmena les deux hommes à destination. À la sortie de l'ascenseur, une vieille fille typiquement anglaise, avec un chignon impeccable, des lunettes et un tailleur gris.
– Vous désirez ?
– Voir la rédactrice en chef.
– Impossible. Elle est en conférence de rédaction.
– Scotland Yard.
– Ah... je vais me renseigner.
Elle revint quelques minutes plus tard, très précise.
– Le couloir, en face de vous. Troisième porte à gauche.
La rédactrice en chef était dignement assise derrière un bureau moderne.
– Bonjour, Mlle Eade.
– Inspecteur, c'est...
– Une surprise. Le superintendant Marlow et moi-même aimerions nous entretenir avec vous de quelques points délicats.
– Comment avez-vous deviné ?
– Pas deviné, objecta Marlow, mais enquêté de manière scientifique. Il est apparu que vous occupiez un poste de rédactrice en chef de deux revues de mode féminine fort rentables.
– Est-ce un crime ?
– La poésie ne nourrit ni son homme ni sa femme, admit Higgins ; mais vous fûtes cachottière.
– Les Anglais n'ont vraiment aucun respect de la vie d'autrui !

La colère d'Helen Eade était digne d'une héroïne grecque.

– Pourquoi cette fureur ? s'étonna Higgins, vous n'avez commis aucun délit.

– Vous fouillez dans mon existence, vous ne respectez rien !

– Sir Langston Caine a été assassiné, et nous devons découvrir la vérité. Tant que l'assassin n'aura pas été identifié, l'âme de la victime ne connaîtra pas le repos.

La poétesse, bouleversée, soutint le regard de Higgins.

– Vous avez raison, inspecteur ! Ainsi s'expriment les anciens mythes que les hommes ne respectent plus. Langston sera vengé, je vous le promets.

Elle roulait les « r », sa voix s'ornant ainsi d'un accent plutôt tragique Dans ses paroles, comme dans ses gestes, Helen Eade évoquait les figures les plus passionnées du théâtre grec : on l'imaginait à Olympie ou à Delphes fascinant la foule par sa seule prestance.

– Donnez-moi le nom du coupable, inspecteur, et je l'étranglerai de mes propres mains ! Vos tribunaux sont incapables de rendre la justice.

– Nous verrons plus tard. Votre position fait de vous l'une des personnes les mieux informées de Londres.

– Potins et ragots ne m'intéressent pas.

– Au contraire, mademoiselle, ils sont au centre des publications que vous dirigez.

Les yeux noirs s'enflammèrent de nouveau.

– Qu'insinuez-vous ?

– Vous vous êtes montrée trop discrète sur votre amant.

– J'ai tout dit.

– Certainement pas. Qui était *réellement* Sir Langston ?

– Je ne comprends pas.
– Cette comédie est devenue inutile.
Helen Eade se leva et s'adossa à la fenêtre de son bureau.
– Oui, inutile. Langston n'était pas qu'un critique et un historien. Il avait aussi un sens aigu des affaires ; dans ce domaine, il faisait même figure de génie. Personne ne « sentait » mieux les coups exceptionnels.
– Le prochain ?
– Montréal. Un tableau fabuleux qu'il comptait acquérir à un prix honnête pour le revendre beaucoup plus cher. Il avait un besoin urgent de cet argent, car il venait lui-même d'acheter de fort belles toiles destinées à sa collection privée.
– Les avez-vous vues ?
– Pour Langston, le terme « privé » possédait tout son sens. Seul son regard se posait sur les chefs-d'œuvre qu'il aimait plus que lui-même.
– Se sentait-il en danger ?
– Non. Il n'avait peur de personne, mais il m'aurait confié ses craintes.
– Aucune menace directe ou indirecte ?
– Aucune.
Higgins feuilleta son carnet.
– La rivalité l'opposant à Drosetti était-elle sérieuse ?
– Ils se haïssaient vraiment, non sans s'estimer. Je crois qu'ils finissaient par prendre plaisir à leur interminable querelle.
– Connaissez-vous Jim Yokumaza ?
– Langston m'en a parlé, mais je ne l'ai jamais rencontré. Il avait confiance en lui parce que Yokumaza précédait les cours internationaux avec un flair inégalable.
– Pas de discussion entre les deux hommes ?

– Plutôt deux complices aux intérêts indissociables.

– Le nom de John Jones vous est-il familier ?

– Tout à fait inconnu.

– Avez-vous posé comme modèle ?

La question dérouta la jolie Grecque.

– Je... vous n'imaginez pas que...

– C'est pourtant bien votre portrait qu'a peint Gavin Jerphanion.

– Je ne me souviens plus.

– Le tableau, imitation d'un œuvre préraphaélite, est exposé chez Alexander Drosetti, ennemi farouche de Sir Langston ; n'est-ce pas troublant ?

– Ni Jerphanion ni Drosetti ne m'intéressent. Ce sont des Anglais décadents et corrompus.

– Vous avez pourtant posé pour le premier et vous trônez dans le salon du second.

– Peu m'importe.

– Êtes-vous la maîtresse de Gavin Jerphanion, le protégé de Sir Langston, ou d'Alexander Drosetti, son adversaire de toujours, ou bien des deux ?

Helen Eade se retourna avec la vivacité d'un serpent.

– Cette fois, vous dépassez les bornes ! Sortez, ou je vous étrangle, l'un et l'autre !

***

– Notre retraite ne fut pas glorieuse, déplora Scott Marlow.

– Purement stratégique.

– Quelle personne ! Ne ment-elle pas comme elle respire ?

– Elle est souvent sincère, mais elle masque des recoins obscurs.

– Helen Eade n'apprécie guère l'Angleterre, me semble-t-il.

– Excellente remarque, superintendant ; c'est même une piste sérieuse.

– Comment l'exploiter ?

– Si une Grecque déteste les Anglais, c'est en raison d'un proche passé qui a vu les deux peuples s'affronter. Un homme devrait nous renseigner sur Helen Eade : et cet homme-là est l'un de mes amis.

CHAPITRE XXI

Sir Arthur Mac Crombie, colonel en retraite et membre du club très fermé des amis de Higgins, avait amassé dossiers, fiches et photographies qui faisaient de sa collection la mémoire de la Seconde Guerre mondiale. Militaire depuis l'origine des Mac Crombie qui se perdait dans les nuits chaudes du Moyen Âge, le colonel continuait à vivre avec la discipline des temps héroïques, afin de se préparer au prochain conflit.

Lorsqu'il entendit la voix de Higgins au téléphone, il se réjouit d'avoir à plonger une nouvelle fois dans ses archives.

– Higgins, ce vieux forban ! Encore dans la police ! Un ramassis de voyous, tu peux m'en croire. Il n'est pas trop tard pour débuter une carrière de vétéran dans l'armée des Indes.

– J'y songerai, Arthur.

– Tu poursuis un criminel ?

– J'aimerais obtenir des renseignements sur une jeune femme d'origine grecque, Helen Eade.

– Un pseudonyme ?

– Il ne semble pas.

– Attends un instant.

Le système de fichiers de Sir Arthur Mac Crombie était plus performant qu'un ordinateur et ne tombait jamais en panne ; moins de trois minutes plus tard, il reprenait le combiné.

– Un dénommé Eade, Grec de Semnos, s'est illustré dans la résistance, notamment dans la banlieue d'Athènes. Il a mené quantité d'opérations de commando, à la tête d'un petit groupe de patriotes. Il a été tué en décembre 1944 par les troupes anglaises, lors de la répression anticommuniste. Triste histoire, aucun détail supplémentaire.

– Ta fiche mentionne-t-elle une fille ?

– Affirmatif : Helen.

– Merci de ton concours, Arthur ; cette information est très précieuse.

– Dès la fin de ton enquête, tu viens dîner chez moi. J'ai mis au point une sauce moutarde que ma cuisinière galloise mitonnera avec du gigot aux fraises ; tu ne l'oublieras pas de sitôt.

– J'en suis persuadé.

*
**

Évitant de prendre des risques culinaires, Higgins invita Marlow au Hunting Lodge, dans Lower Regent Street. Le patron, qui connaissait bien les goûts de l'ex-inspecteur-chef, servit une bouteille de nuits-saint-georges.

Marlow opta pour une cuisse de dinde du Norfolk, Higgins pour une tranche de rôti de bœuf de Sandringham.

– Cette enquête prend une direction inattendue, estima le superintendant ; nous voilà immergés dans le monde des spéculateurs sévissant sur le marché de l'art.

– Sans doute.

– Vous ne semblez guère convaincu.

– Les faits sont indéniables, mon cher Marlow, mais je me sens perdu dans un brouillard opaque.

– Je me demande si ce John Jones n'est pas un leurre. Nous lui attribuons peut-être un rôle qu'il ne mérite pas.

– Votre idée mérite attention, d'autant plus que de nombreux pièges sont disposés pour nous égarer.

– Helen Eade est une personne fort étrange ; j'ai gardé pour le dessert un rapport qui vient de me parvenir.

Le superintendant aimait, de temps à autre, produire un effet quelque peu théâtral, afin de prouver la puissance du Yard. Higgins l'apprécia à sa juste mesure, en manifestant un intérêt marqué.

– Mlle Eade appartient à une sorte de société secrète qui tient des réunions dans une ruelle de Soho : la police l'a repérée depuis plus d'un an et surveille ses activités.

– Beaucoup de membres ?

– Une centaine.

– Leurs activités ?

– La glorification de la Grèce, de sa culture, de ses poètes et de ses héros. Les adhérents rejouent des drames antiques, se disent pythonisses, bacchantes, sacrificateurs ou bien cabires. Ils publient des poèmes, des études sur le folklore du Péloponnèse et la mythologie. Mais ils ne troublent pas l'ordre public.

– Du moins, pas apparemment.

Marlow cessa de déguster son pudding du Yorkshire.

– Que savez-vous de plus, Higgins ?

– Simple intuition.

– Dès ce soir, nous faisons une descente.

– Si votre Bentley est d'accord, rendons-nous d'abord à Dutchfield Castle. Prendre des nouvelles d'Ysi Toknow me paraît indispensable.

*
**

– Non, inspecteur, Mlle Ysi n'est pas visible. Elle n'est pas sortie du sommeil ; le médecin interdit toute visite avant demain.

Le ton de Deborah Cairo se voulait péremptoire.

– Je patienterai. C'est vous que je voulais voir.

– Moi ?

L'intendante s'emmitoufla dans un châle marron aux larges mailles. Sa voix était de plus en plus mourante.

– Vous aimiez Sir Langston ?

– Je ne vous permets pas d'en douter !

– En ce cas, aidez-moi.

Deborah Cairo examina longuement l'ex-inspecteur-chef, comme s'il représentait un danger.

– Pourquoi le ferais-je ?

– Ne souhaitez-vous pas l'arrestation de l'assassin ?

Se sentant en porte-à-faux, l'intendante prit l'initiative.

– Entendu, mais pas dans le parc ! Nous ne serons en sécurité que dans les combles du château.

Higgins suivit son guide, tandis que Scott Marlow, installé dans le hall, était prêt à empêcher toute tentative de fuite. Le superintendant se sentait si mal à l'aise dans cette grande demeure qu'il n'excluait aucun événement inattendu.

Les combles de Dutchfield Castle étaient remplis de malles, de vieux meubles et de cadres plus ou moins rongés. Un drap blanc était réservé au fantôme local qui exigeait un vêtement propre chaque semaine. Deborah Cairo s'assura que personne ne se cachait dans un recoin obscur.

– Je n'ai pas une seconde de répit, indiqua l'intendante ; ici, je m'occupe de tout. Sir Langston était un homme coquet ; il exigeait des chemises bien repassées et un linge de maison impeccable. Qui répare les fuites, qui veille sur la qualité des repas, qui surveille le jardinier ?

– Vous étiez la seule personne à laquelle Sir Langston faisait totalement confiance.

– C'est vrai, inspecteur, et j'en suis fière.

– Avez-vous visité son musée privé ?

– Tous les murs du château sont couverts de toiles ; aucune ne m'est inconnue.

– William Morton jouissait-il du même privilège ?

– Lui ? Il aurait dû être renvoyé. Si j'avais parlé...

– Aurait-il commis une faute professionnelle ?

– M. Morton est un secrétaire sans faille ; il connaît son travail à la perfection. À tout moment, il pouvait donner à Sir Langston les renseignements dont il avait besoin, que ce fût l'état de son compte en banque ou l'adresse du meilleur hôtel de Genève. Mais l'homme est bien décevant... sous son vernis de personnage bien éduqué se cache une bête immonde.

– Immonde, vous en êtes sûre ?

La voix se transforma en murmure.

– Ici, j'observe tout : William a louché sur la petite Ysi. Il est laid, elle est belle et innocente. Elle n'a pas pris conscience du danger et n'a pas compris qu'il lui faisait des avances.

– Quelle fut l'attitude de Sir Langston ?

– Il ne voulait ni perdre son secrétaire particulier ni abandonner sa fille adoptive entre les mains de ce satyre ! C'est pourquoi il l'a expédiée à l'étranger, sous le prétexte de poursuivre ses études de peinture.

Elle aurait aussi bien pu les poursuivre ici… et même mieux.

– Sous la directive de son père ?

– Non, Sir Langston n'est pas peintre. Linda Caine, en revanche, possède la technique nécessaire pour former une élève. Sir Langston la considérait comme une véritable virtuose du pinceau. Malheureusement…

Higgins laissa Deborah Cairo reprendre son souffle. L'intendante se libérait à vue d'œil ; en offrant à l'ex-inspecteur-chef de trop lourds secrets, elle se sentait plus légère.

– Malheureusement, le couple ne s'entendait plus. Leurs relations n'avaient jamais été suivies, à cause des déplacements et du travail de Sir Langston. Mais, depuis quelques semaines, la situation se dégradait. De violentes querelles faisaient trembler les murs du château.

– Motifs ?

– Sir Langston reprochait à Linda de passer trop de temps à sa peinture pour des résultats très médiocres.

– N'est-ce pas contradictoire, puisqu'il admirait son talent ?

– Sa technique, pas son talent ! Une imitatrice, une copiste, un excellent professeur, mais pas un peintre. Il aurait souhaité qu'elle abandonnât une œuvre médiocre et qu'elle se consacrât à la restauration et à l'enseignement. Comme ils n'étaient pas mariés, la situation de Linda Caine devenait inconfortable.

– Sir Langston l'aurait-il chassée du château ?

– Il n'a pas formulé cette intention.

– En supprimant son faux mari, Linda perdait tout.

– Oui, inspecteur. J'aurais bien aimé l'accuser de meurtre, mais ça ne tient pas debout. Elle ne pouvait que geindre et se révolter.

– Des querelles depuis quelques semaines, disiez-vous... Ce changement dans les relations du couple correspond-il à un événement particulier ?

Deborah Cairo réfléchit longuement.

– Non... Sir Langston venait d'acquérir un lot de tableaux anciens pour sa collection privée, mais ce n'était pas la première fois.

CHAPITRE XXII

– Rien à signaler, mon cher Marlow ?

– Le secrétaire particulier a passé la tête plusieurs fois. La présence de Scotland Yard l'indispose, dirait-on.

– Eh bien, allons le saluer.

Deborah Cairo, la conscience soulagée, était partie à ses fourneaux. Même si Dutchfield Castle vivait au ralenti depuis la disparition du maître, elle maintenait le cap.

Les deux policiers montèrent au premier étage. Le bureau du secrétaire particulier demeurait semblable à lui-même, comme si rien ne s'était produit. Pas le moindre désordre, mais des téléphones muets, une machine à écrire silencieuse, des fauteuils de cuir assoupis, un meuble de rangement dont les tiroirs ne grinçaient plus. William Morton regardait par la fenêtre, les yeux rivés sur le parc.

– Vous avez décroché l'aquarelle de Turner, nota Higgins.

– Je ne veux plus entendre parler de peinture, et encore moins voir de tableaux.

William Morton paraissait profondément affecté. Certes, le maintien subsistait ; mais des rides creusaient le front, et les cheveux grisonnants avaient blanchi.

– J'expédie les affaires courantes. Dès que le testament de Sir Langston sera connu, je quitterai ce château.

– Et si vous en étiez bénéficiaire ?

– Aucune chance, inspecteur. Mon patron me considérait comme un employé modèle, rien de plus.

– Des regrets ?

– Certes. Ce travail me plaisait, malgré les contraintes : quel que soit mon avenir, la saveur des années passées au service de Sir Langston est à jamais disparue.

– Vous sentez-vous coupable, M. Morton ?

La question piqua au vif le secrétaire particulier.

– Examinez mon travail, inspecteur ! Je vous défie de déceler la moindre erreur.

– Cette perfection faisait de vous un homme irremplaçable.

– J'en suis fier.

– C'est pourquoi vos explications, à propos du voyage de Montréal, sont tout à fait insuffisantes.

William Morton s'assit à son bureau Regency. Il ressemblait à un noyé s'accrochant à une branche.

– Je me doutais que vous ne me laisseriez pas en paix.

– Pourquoi nous avoir menti ?

– C'était stupide, je le reconnais.

– Que saviez-vous exactement ?

– Que Sir Langston devait se rendre à Montréal au lendemain de sa conférence ; qu'il devait acquérir à très bon prix un tableau exceptionnel et le revendre avec une importante plus-value.

– Bénéficiait-il de renseignements confidentiels ?

– Oui, grâce à Jim Yokumaza.

– Opération illicite, par conséquent ?

– Disons... très bien préparée.

– Une habitude de Sir Langston.

– Non, inspecteur. C'était la première fois qu'il prenait de tels risques.

– Pour quelle raison ?

– Il avait acheté des tableaux anciens, voici quelques semaines, afin d'enrichir sa collection personnelle, et s'était endetté. L'opération de Montréal le remettrait à flot.

– L'homme qui vous a parlé au téléphone a-t-il abordé ces problèmes ?

– Il fut concis, dans le style de Sir Langston. C'est pourquoi je me suis mépris.

– Et si vous étiez de mèche avec l'imposteur ? suggéra Marlow.

– Pensez ce que vous voulez. À mon sens, Sir Langston a été assassiné par le groupe financier qu'il voulait flouer, à Montréal. Les sommes sont si colossales que ces gens-là n'hésitent pas à tuer.

– Iriez-vous jusqu'à accuser Yokumaza ?

– Il mange à tous les râteliers et se vend au plus offrant.

*
**

Deborah Cairo posa l'index droit sur ses lèvres et progressa sans bruit dans un étroit couloir, suivie de Higgins, capable de ne pas faire grincer le parquet le plus rébarbatif.

– Elle est là, murmura l'intendante. Je vous laisse ; il ne faut pas qu'elle sache que je vous ai conduit à son atelier.

Deborah Cairo s'éclipsa.

Higgins frappa.

– Entrez, Deborah, et posez mon plateau sur le guéridon.

L'ex-inspecteur-chef entra et toussota.

Linda Caine, vêtue d'une blouse blanche tachée, les cheveux défaits, un pinceau à la main, se retourna.

– Mon Dieu ! Mais...

– Pardon de vous surprendre ainsi, mais j'avais besoin de vous parler.

– Sortons vite.

– Non, madame. C'est ici, dans votre atelier, que je désirais vous voir.

– Inspecteur... non, je vous en prie !

Linda Caine se plaça devant la toile qu'elle était en train de peindre.

– Commettriez-vous un acte répréhensible ?

– Non... Mais c'est si laid ! Je n'accepte pas que l'on voie mon œuvre.

– Pourtant, des tableaux signés Linda Caine circulent dans le commerce.

– Dans de toutes petites galeries...

– Sir Langston ne vous encourageait-il pas à continuer ?

La jolie brune ferma les yeux.

Contre les murs, une dizaine de toiles, les unes achevées, les autres en cours d'exécution. Fragonard, Poussin, Raphaël, Botticelli, Van Eyck... Linda Caine était douée pour imiter les plus grands.

– Vos talents sont multiples.

– Pas mes talents, rectifia-t-elle ; mes capacités techniques. Je sais décortiquer le style d'un peintre et le reproduire.

– Pourquoi Ysi Toknow n'est-elle pas devenue votre élève ?

– L'école des beaux-arts de Bruxelles lui en apprendra davantage.

– Ce n'est pas certain. Auriez-vous refusé de lui transmettre votre science ?

– Certainement pas !

– Pourquoi aller chercher si loin un professeur présent sous son propre toit ?

– Son père a jugé nécessaire ce séjour à l'étranger.

– Vous partagez votre don avec Gavin Jerphanion.

Révoltée, Linda Caine rouvrit les yeux et s'écarta de son chevalet.

– C'est faux ! Lui, il vend ses imitations ; moi, je les garde un certain temps, puis je les brûle. Ce ne sont que des exercices indignes d'un véritable peintre...

Higgins s'approcha de la dernière œuvre de Linda Caine, un sous-bois au printemps. Sans atteindre au génie, le tableau ne manquait pas de qualités.

– Vous avez le sens de la poésie, madame.

– Mais pas celui des couleurs... J'y arriverai, inspecteur, dussé-je travailler cent ans encore.

– Dans votre cas, l'obstination serait une vertu.

– Vous... vous m'encouragez ?

– Persévérez, Mme Caine, et n'écoutez pas les critiques. Lorsqu'on porte une œuvre en soi, il faut l'exprimer ; le succès et l'échec ne sont que deux menteurs. Les critiques sont ballottés par une mode qui les fait plus qu'ils ne la font ; dans quelques années, leurs noms seront oubliés et votre œuvre restera.

– Si vous pouviez dire la vérité...

– Je m'y efforce.

Les beaux yeux verts s'illuminèrent.

– Accepteriez-vous de me montrer la chambre de votre mari ?

– Bien sûr, inspecteur.

Higgins espérait découvrir le sanctuaire où Langston Caine aurait conservé quelques-uns de ses tableaux favoris ; mais la pièce était plutôt banale. Lit en chêne massif, mobilier hollandais du XVIe siècle, quelques natures mortes au mur composaient un ensemble froid et inexpressif.

Sur une commode, des photographies dans des cadres dorés, serrés les uns contre les autres. Elles retraçaient diverses étapes de la carrière de Sir Langston. On le voyait adolescent, dans un musée ; en smoking, devant des Vermeer ; le recueil de ses articles à la main, lors d'une conférence à Londres.

Higgins s'attarda sur un curieux cliché. Le maître de Dutchfield Castle portait un uniforme de sous-officier de l'armée britannique ; son demi-sourire témoignait d'une réelle satisfaction.

À l'arrière-plan, un site aisé à identifier : l'Acropole d'Athènes.

CHAPITRE XXIII

La voiture de police banalisée et la Bentley de Marlow quittèrent Charing Cross Road, empruntèrent Sutton Row, longèrent Soho Square et s'enfoncèrent dans le quartier le plus chaud de la capitale que les jeunes gens de bonne famille ne fréquentaient pas. Le superintendant n'appréciait pas cet endroit truffé de boîtes de nuit, de cabarets où dansaient de jeunes personnes dénudées, et de boutiques interlopes. Si proche du British Museum et de la Royal Academy of Arts, deux piliers de la culture britannique, Soho n'ajoutait rien à la gloire de Londres.

Higgins demeurait étrangement calme, presque indifférent, comme si la situation ne le concernait pas.

– Désapprouveriez-vous cette descente de police ?

– Certes pas, superintendant.

– Pourquoi cette réticence ?

– Je redoute un échec.

– J'ai pris mes précautions. Depuis deux heures, l'entrée de la maison où se réunissent les membres de la société secrète est surveillée ; ils sont photographiés, depuis le premier étage de l'immeuble d'en face. Comme plus personne ne se présente, j'en conclus que la séance est ouverte et qu'ils se jugent au

complet. À présent, je donne l'ordre de boucler les deux extrémités de la ruelle.
– Les toits ?
– Pas de fuite possible.
– Ne redoutez-vous pas une réaction violente ?
– Elle trahirait le caractère subversif de ce groupuscule. Néanmoins, pas d'imprudence ; deux spécialistes enfonceront la porte. Aussitôt après, gaz lacrymogènes et prise d'assaut du local.
– Excluez-vous une solution à l'amiable ? On pourrait nous ouvrir la porte sans violence.
– Ça m'étonnerait. Les Grecs ont le sang chaud.
– Laissez-moi essayer.

La demeure où la société hellène tenait ses réunions ne payait guère de mine : petite maison de briques noircies par le smog, fenêtres étroites, rideaux douteux. Pas de sonnette, aucun nom de propriétaire, mais un heurtoir.

Higgins frappa deux coups.

Un pas lourd, précipité. Une voix angoissée.
– Qui est là ?
– J'aimerais parler à Helen Eade.
– Votre nom.
– Higgins, Scotland Yard.
– La police !

La porte s'entrouvrit. Dans la fente, un canon de fusil. Le coup partit, la balle frôla la tempe de Higgins qui n'avait pas bougé. Elle finit sa course dans l'enseigne métallique d'une mercerie.

L'ex-inspecteur-chef se tourna vers Marlow.
– À vous de jouer, superintendant.

***

L'échauffourée fut de courte durée. La police anti-émeute réduisit vite à néant les velléités de cinq jeunes hommes armés de fusils de chasse, de pistolets et de couteaux. On leur passa les menottes et ils furent emmenés en prison.

Le rez-de-chaussée de la petite maison était rempli des publications de la société secrète ; mais les enquêteurs découvrirent aussi des munitions, deux grenades de la dernière guerre et plusieurs plans d'attaque de la capitale britannique plus irréalistes les uns que les autres.

– Il manque du monde, remarqua Scott Marlow ; où sont passés les autres ?

Au premier étage, personne ; trois petites chambres et des lits de camp.

– Organisation terroriste, jugea le superintendant ; nos informations étaient édulcorées.

– Je ne crois pas, objecta Higgins.

– Ils ont failli vous tuer !

– Certes, mais ce sont des amateurs un peu excités ; leur armement est dérisoire.

Marlow se rendit à l'évidence ; folklore dangereux, mais folklore quand même.

Higgins trouva enfin ce qu'il cherchait. Sous un tapis, il découvrit une trappe munie d'un anneau.

– Écartez-vous, recommanda le superintendant.

Cette fois, aucun coup de feu ne fut tiré. La trappe donnait sur un escalier en bois, qui aboutissait à une cave voûtée, plutôt spacieuse, où se terraient une vingtaine d'hommes et de femmes, tous habillés à la mode grecque ancienne. Paniqués, ils se tassèrent contre la paroi du fond, à l'exception d'une femme aux cheveux dorés et aux yeux noirs. À elle seule, elle barra le chemin aux policiers.

– Reculez, ordonna-t-elle. Vous êtes en Grèce !

– Je crains que non, déplora Higgins ; cette cave ne bénéficie pas d'un privilège territorial.

– Inspecteur ! Vous, un amateur de poésie, prêtez main-forte à ces brutes !

– Je crains que vos amis n'aient commis quelques violences regrettables.

– Un si maigre combat effraierait-il les conquérants anglais ?

– Venez avec moi au premier ; pendant que le superintendant procédera aux vérifications d'identité, j'aurai des questions à vous poser.

– Je suis votre prisonnière.

Drapée dans une robe blanche assez courte, qui dévoilait de longues jambes admirables, Helen Eade était superbe. Le sang de la tragédie antique coulait dans ses veines. Aucune crainte ne l'habitait ; elle défiait le Yard, le Royaume-Uni et l'univers entier.

– Faites-moi jeter en prison. Je prendrai le meilleur avocat et plaiderai la cause de tous les opprimés.

– Avez-vous des sympathies politiques, mademoiselle ?

– Les politiciens sont des menteurs. Ils ont trahi la Grèce éternelle.

– Votre père n'a-t-il pas milité dans les rangs communistes ?

Helen Eade se déchaîna.

– Calomnie d'Anglais ! La honte soit sur vous et sur vos descendants ! Voilà ce qu'ont inventé vos officiers pour justifier leur crime. Mon père se battait contre la barbarie nazie, afin de libérer son pays ; vos maudits soldats l'ont abattu par erreur... par erreur ! Quelle monstruosité !

– Je vous le concède volontiers.

– Je hais l'Angleterre et les Anglais, inspecteur Higgins ; ils sont les champions de la cruauté et de l'hypocrisie et rêvent de conquérir le monde. Ils ne valent pas mieux que les nazis.

– Pourquoi être devenue la maîtresse d'un sujet britannique ?

– Afin de mieux combattre l'Angleterre de l'intérieur. Je veux tout savoir de votre passé, de votre mode de vie, de vos qualités et de vos défauts, afin de mieux vous détruire.

– Vaste programme. Il ne me paraît pas crédible, mademoiselle, car vous ne vous bercez pas d'illusions ; réservez ce discours à des naïfs.

Helen Eade se calma et considéra Higgins d'un œil neuf. Ce dernier sortit une photographie de sa poche.

– Connaissez-vous ce document ?

– Jamais vu, répondit-elle d'une manière précipitée.

– Il représente Langston Caine à l'époque où il servait dans l'armée britannique en Grèce. N'aurait-il pas participé à la répression qui toucha les communistes grecs, n'aurait-il pas le sang de votre père sur les mains ?

– Absurde ! Comment aurais-je pu…

– Je vous crois capable de devenir la maîtresse de l'homme que vous haïssiez le plus au monde et d'attendre le moment propice pour frapper. Cette conférence ne marquait-elle pas le sommet de la carrière de Sir Langston ? En le supprimant, vous l'empêchiez de mettre le point d'orgue à une existence militante et vous anéantissiez de nombreuses années d'efforts. Belle vengeance, en vérité.

– Vous vous trompez, inspecteur, la duplicité n'est pas mon fort. Si telle était la vérité, j'aurais tranché la gorge de Langston Caine dès la première seconde où je l'ai vu.

Marlow interrompit la conversation.

– Jolie surprise, annonça-t-il ; Gavin Jerphanion est au nombre des invités de cette soirée.

– Un de vos amis intimes ? questionna Higgins.

Helen Eade haussa les épaules.

– Tant de mépris me surprend ; ne soutient-il pas votre cause ?

– Il vient d'y adhérer. Trop tôt pour apprécier son véritable engagement.

– Vous êtes l'un de ses modèles et il appartient à votre petite confrérie... voilà des liens intéressants.

– L'amitié est-elle interdite en Angleterre ?

*
**

Les policiers vérifièrent les identités et enregistrèrent les déclarations, avant de relâcher les adeptes de la culture grecque, à l'exception de Gavin Jerphanion. Plutôt ridicule avec sa jupette blanche et ses sandales à lanières, il paraissait consterné.

– Pourquoi avez-vous adhéré à ce mouvement ? demanda Higgins.

– Pour... son idéal.

– Seriez-vous à ce point épris de la Grèce ?

– Comment un artiste ne le serait-il pas ?

– Helen Eade ne vous a-t-elle pas imposé cette adhésion ?

– Je suis un homme libre !

– En êtes-vous certain ? Ou bien vous êtes manipulé par Helen Eade, ou bien vous exécutez un plan dans lequel a figuré l'assassin de Sir Langston.

Effaré, le peintre s'agrippa aux revers de la veste de Marlow.

– Votre collègue a perdu la tête ! Dites-lui que je ne suis pour rien dans ce meurtre, qu'il faut chercher ailleurs le vrai coupable !

– Lâchez-moi immédiatement, M. Jerphanion, et adoptez une attitude plus digne.

Les yeux perdus, le peintre leva les bras au ciel.

– Pourquoi suis-je persécuté ? À quelle divinité ai-je déplu ?

– Vous irritez fortement Scotland Yard, indiqua Marlow.

– Arrêtez-moi et pendez-moi ! L'art comptera un martyr de plus.

– Nous finirons par tout savoir, prophétisa le superintendant.

CHAPITRE XXIV

– Cette bande d'agités devrait être internée, estima Scott Marlow.

– Laissez Helen Eade et Gavin Jerphanion en liberté, recommanda Higgins.

Lorsque la Bentley sortit de Soho, une violente averse s'abattit sur Londres, provoquant de nombreux embouteillages. Sous la pluie, la capitale de l'Empire devint luisante, presque chatoyante ; les perles d'argent de l'ondée lui convenaient mieux que le soleil et le ciel bleu.

– À quoi songez-vous, Higgins ?

– Il ne faut pas mésestimer la tragédie grecque, mon cher Marlow. Elle exprime des passions d'une rare violence qui se traduisent le plus souvent par des drames épouvantables. Helen Eade ne plaisante pas ; elle est tantôt froide et lucide, tantôt exaltée et cruelle ; si elle a envoûté Jerphanion, ce dernier est devenu un héros, chargé d'une mission sacrée. Ensemble, ils forment un couple redoutable.

– Je ne vous suis plus, Higgins.

– À côté du folklore existe peut-être une réalité inquiétante. Les mystères d'Orphée et de Dionysos n'étaient pas de gentilles célébrations pour fêtards en mal de destructions ; les traîtres et les bavards étaient supprimés.

– Un meurtre rituel ?

– Supposons que Sir Langston ait été en liaison plus ou moins étroite avec la société secrète de Soho et qu'il se soit brouillé avec sa maîtresse.

– Elle aurait considéré qu'il en savait trop, et armé le bras de son autre amant, Jerphanion, pour se débarrasser d'un témoin gênant !

– Ce serait l'explication rationelle : Sir Langston aurait décidé de dénoncer les activités de ce groupuscule qu'il considérait comme dangereux.

– S'il a appris que certains membres du groupe possédaient des armes et avaient décidé de les utiliser, comment lui donner tort ?

– Je redoute une autre folie, liée au culte de l'âme grecque et au désir de vengeance ; Sir Langston a peut-être été attiré dans un guet-apens.

– Mais rien ne prouve qu'il ait connu l'existence de cette assemblée d'illuminés et de ses projets insensés.

– Helen Eade était sa maîtresse ; aurait-elle gardé ses secrets ?

– Si elle est l'assassin, qu'avait-elle intérêt à cacher ?

– Question fondamentale, mon cher Marlow.

*
**

Le carnet noir se remplissait à une vitesse remarquable. Rarement Higgins avait disposé d'autant de pistes, sinon d'indices. S'il était vrai qu'une forte personnalité a toujours beaucoup d'ennemis, Sir Langston ne faisait pas exception à la règle. Malgré une belle quantité de suspects, tous nantis d'un magnifique mobile, les ténèbres demeuraient opaques.

Dès que Marlow et Higgins arrivèrent au Yard, un surbordonné du superintendant lui remit une fiche détaillée.

– Splendide, mon garçon ! Nous savons enfin qui est ce M. John Jones.

– C'est son véritable nom, n'est-ce pas ?

– Exact, Higgins.

– Un agent d'assurances ?

– Vous n'êtes pas loin de la vérité : un détective privé au service d'une compagnie d'assurances américaine.

– Et son alibi est faux.

– Un véritable expert en mensonges ! Jones est arrivé en Angleterre il y a deux semaines, et s'est beaucoup promené. D'après une enquête minutieuse, il serait même allé à...

– Dutchfield Castle.

– Incroyable ! Vous le saviez ?

– Je le craignais.

– Il faut immédiatement retourner là-bas et faire parler Linda Caine !

– Surtout Deborah Cairo et William Morton.

– Je ne les oublais pas ! Je donne l'ordre d'arrêter ce Jones sur-le-champ ; nous allons procéder à un nouvel interrogatoire et organiser des confrontations.

Higgins, passif, opina du chef.

Le subordonné, très agité, entra dans le bureau de Marlow sans frapper.

– Superintendant...

– Reprenez-vous, mon garçon !

– Un nouveau message : M. Jones est mort.

*
**

Higgins et Marlow se rendirent aussitôt sur les lieux du drame où des policiers en uniforme avaient retenu un témoin, une vieille dame qui promenait son chien dans Hasker Street. Elle était coquette et distinguée, et son compagnon à quatre pattes, un schnauzer nain poivre et sel, toiletté à la perfection. Ses yeux pétillaient, ceux de sa maîtresse aussi.

– J'accepte de parler, dit-elle, mais uniquement à un inspecteur.

– Voici le superintendant Marlow, dit Higgins.

Jugeant Marlow mal fagoté, la vieille dame tourna la tête et s'adressa à l'ex-inspecteur-chef. La qualité de son imperméable Tielocken, sa moustache admirablement lissée et son ton posé en faisaient un interlocuteur valable.

– J'ai tout vu, confessa-t-elle.

– Comment s'est produit l'accident ? demanda Higgins.

– Pas l'accident, le meurtre.

Le schnauzer poivre et sel approuva d'un clignement d'yeux. L'ex-inspecteur-chef fut heureux de disposer de témoins aussi fiables ; la chance lui souriait de nouveau.

– Je me promène tous les jours à la même heure, car Charles, mon schnauzer, est très ponctuel quant à son hygiène de vie. J'ai immédiatement remarqué un personnage douteux qui n'était pas du quartier. Il paraissait ivre et ne marchait pas droit. Ses grosses lunettes étaient passées de mode, son rase-pet en cuir d'une mauvaise coupe, et son maintien proche de la vulgarité. Un Américain, j'en suis sûre. Charles et moi avons hésité à traverser : croiser cet individu nous déplaisait. Charles a accepté de rester sur le même trottoir, contrairement à ses habitudes. Ce grossier personnage, de plus, s'est mis à parler tout seul.

– Avez-vous entendu ce qu'il disait ?

– Non, il marmonnait. Puis, il s'est aventuré sur la chaussée, en titubant. Une Aston Martin a surgi et foncé sur lui. L'homme a eu le temps de la regarder, et il a tendu la main droite, dans un geste dérisoire, pour l'arrêter. Le conducteur n'a pas freiné. Observez la chaussée : aucune trace de pneus. À l'allure où il allait, il aurait laissé de la gomme. J'ai conduit assez de bolides dans ma jeunesse pour être sûre de moi.

– Auriez-vous aperçu le conducteur ?

– Bien entendu, et je confirme que le crime était délibéré : l'homme portait une cagoule. L'avant-droit de la voiture a percuté le malheureux. Je lui souhaite d'être mort sur le coup.

– Je vous félicite pour votre sens de l'observation.

La vieille dame rosit. Charles se dressa sur ses pattes arrière, et posa celles d'avant sur le pantalon en flanelle de Higgins.

– Charles, vous vous laissez aller !

Higgins se baissa et caressa la tête du schnauzer, avec cette douceur qu'apprécient les chiens les plus féroces. La langue de Charles lappa la joue de l'ex-inspecteur-chef.

– Je suis très sensible à cette marque d'amitié.

– Il ne la réserve qu'à de très rares intimes ; vous devez être quelqu'un de très bien.

– Je crois que lui et moi parlons le même langage.

– Tout de même, vous êtes un peu négligent ! Vous auriez pu me demander les chiffres et les lettres figurant sur la plaque d'immatriculation du véhicule.

– J'allais vous en prier.

La vieille dame déchira la page de son carnet où elle avait noté le précieux renseignement.

– Charles et moi détestons le désordre ; même si la victime manquait de classe, il serait bon d'identifier l'assassin au plus vite et de le pendre. Écraser son prochain est un acte barbare !

– Grâce à vous et à Charles, nous ferons pour le mieux.

– Ne seriez-vous pas un ancien de Cambridge ?

– En effet.

– Je m'en doutais ; vos tournures de phrases sont caractéristiques. Mon mari y a enseigné la philosophie de l'Histoire. Matière notablement inutile et dépourvue d'intérêt, mais il était brillant et charmant. Par certains côtés, il vous ressemblait.

– Vous m'en voyez flatté et ému.

– Nous nous reverrons peut-être.

CHAPITRE XXV

La plaque d'immatriculation était celle d'une voiture volée qui fut retrouvée deux heures après le meurtre dans un faubourg de l'East End, l'avant-droit cabossé et taché de sang. La piste de l'assassin de John Jones s'arrêtait là.

– Des terroristes en plein Londres ! fulmina Marlow. Et nous sommes impuissants.

– Pas tout à fait rétorqua Higgins.

– Que suggérez-vous ?

– La victime enquêtait sur des malversations que soupçonnait sa compagnie d'assurances. L'endroit où il a été écrasé n'est pas dépourvu d'intérêt.

– Hasker Street ?

– Cette rue est bien proche de Brompton Street.

– Le domicile de Gavin Jerphanion !

Scott Marlow sentit sa tête tourner.

– Aurait-il conduit la voiture ?

– Peu probable : John Jones devait sûrement se rendre chez lui pour l'interroger. Quelqu'un a voulu empêcher cet entretien. Dormons quelques heures et rendons-nous à Dutchfield Castle.

*
**

Un rayon de soleil se posa sur les haies qui bordaient la route. Rouges-gorges et mésanges folâtrèrent sur les pelouses, les hérissons sortirent de leur torpeur, et les longues bandes nuageuses s'effilochèrent. La campagne anglaise se para de couleurs douces et paisibles, où l'âme goûtait une sérénité vieille de plusieurs siècles.

Dutchfield Castle parut à Higgins plus rébarbatif qu'à l'ordinaire. Il s'était pourtant habitué à ce château fier de son classicisme ; cette fois, la colonnade le repoussa, comme s'il devenait un intrus.

– Sur le perron, Deborah Cairo.

L'intendante avait entendu le bruit du moteur ; inquiète, elle serrait les mains à hauteur de la poitrine.

– Comment va Mlle Ysi ? demanda Higgins.

– Elle se remet doucement.

– Puis-je la voir ?

– Pas encore.

Higgins montra à l'intendante une photo terrifiante. Celle de John Jones, ou plus exactement de son cadavre nu, étendu sur une civière de la morgue, une étiquette autour du gros orteil.

– Quelle horreur ! s'exclama l'intendante, bouleversée.

– Quand cet homme est-il venu ici ?

– Il y a… quinze jours, je crois.

– Qui l'avait invité ?

– Sir Langston.

– Pourquoi ne pas m'en avoir parlé, Deborah ?

– Sa visite fut de très courte durée, je l'avais oubliée. Je n'y attachais aucune importance.

– William Morton était-il au courant ?

Deborah Cairo ne parvenait pas à reprendre son souffle ; elle pâlissait à vue d'œil.

– M. Morton est un excellent secrétaire, extrêmement dévoué à Sir Langston, et...
– Ce n'est pas ce que je vous demande.
Elle leva des yeux effarouchés vers Higgins.
– Inspecteur, je n'ai pas le droit...
– Vous en avez le devoir, mademoiselle. Grâce à vous, nous nous approchons de la vérité et de l'assassin.
Elle hésita de longs instants, et finit par céder.
– William Morton et l'homme de votre photographie sont partis ensemble pour Londres.
– Linda Caine était-elle informée ?
– Non.... ce jour-là, elle était absente.

*
**

Surpris par l'intrusion des deux policiers, William Morton lâcha la bande dessinée américaine qu'il lisait avec passion. Le chevalier rouge était pourtant sur le point de vaincre le dragon à dix têtes, mais celle du superintendant Marlow ne présageait rien de bon.
Higgins posa la photographie sur le bureau Regency.
Le secrétaire particulier gratta les branches de ses lunettes rondes en acier et se concentra longuement.
– Ainsi, il est mort...
– Écrasé par un chauffard.
– Déplorable accident.
– Non, assassinat.
– Vous en êtes sûr ?
– Certain. Quand avez-vous rencontré cet homme ?
– Je... je ne me souviens plus.
Excédé, Marlow frappa du poing sur le bureau.
– Assez de mensonges et d'omissions !

L'avertissement impressionna William Morton qui redoutait la violence.

– Sur l'ordre de Sir Langston, il est passé me voir.

– Juste avant l'exposition ? demanda Higgins.

– Euh... c'est probable.

– Quels sujets avez-vous abordés ?

– L'exposition, précisément.

– Était-il l'assureur des tableaux ?

– L'un des assureurs, en effet.

– Le plus curieux, certainement.

– Eh bien...

– Pourquoi vous a-t-il emmené à Londres ?

– Pour réceptionner les tableaux venus des divers musées.

– Votre rôle, indiqua Higgins, consistait donc à vérifier l'origine et l'identité de chaque œuvre, en présence de John Jones, juste avant l'accrochage.

– On ne saurait mieux dire. Et après l'examen de Sir Langston, bien sûr.

– Pourquoi nous l'avoir caché ?

– Vous ne me l'avez pas demandé ! Ce travail entrait dans mes obligations et ne présentait rien d'exceptionnel !

– Que craignait M. Jones ?

– Comment le saurais-je ?

– Prenez garde, menaça Scott Marlow.

– Il redoutait... des faux.

Scott Marlow tressaillit.

– Des faux ? Invraisemblable !

– C'est également mon avis, mais John Jones était extrêmement méfiant. D'après lui, les plus belles collections abritent des œuvres de faussaires ou des imitations géniales. À la suite de vols, qui doivent rester ignorés du grand public, certaines toiles sont remplacés par de parfaites copies afin d'éviter le scandale. La compagnie de M. Jones refusant d'assurer n'importe quoi, il désirait prendre mille et une précautions.

– A-t-il été satisfait ?

– Je l'ignore, inspecteur ; il ne m'a pas communiqué ses conclusions.

*
**

Vaillante, puisant ses ultimes ressources dans son carburateur, la Bentley de Marlow avala les *miles* entre Dutchfield Castle et Scotland Yard. D'ordinaire prudent, Scott Marlow coupa les virages, négligea un « stop » et doubla des véhicules lents en haut de côte. Une atroce pensée lui serrait la gorge et le cœur. Higgins, imperturbable, consultait ses notes.

Marlow jaillit de sa voiture comme un sprinter, négligea l'ascenseur encombré, grimpa l'escalier quatre à quatre, ouvrit la porte de son bureau à la volée et se rua sur le téléphone. Il convoqua les meilleurs experts de l'analyse des tableaux et les pria de se rendre sur-le-champ à la galerie Némésis.

Le dernier visiteur parti, les experts installèrent leurs appareils, décidés à passer au crible les chefs-d'œuvre exposés ; l'utilisation des rayons X permettait d'obtenir des certitudes.

Scott Marlow et Higgins assistèrent à l'opération. Autant l'ex-inspecteur-chef était paisible, autant le superintendant affichait une anxiété grandissante ; lorsque les scientifiques se penchèrent sur le Vermeer prêté par Buckingham, Marlow cessa de respirer. Si la toile était un faux, qui oserait l'annoncer à Sa Majesté ?

Les experts donnèrent leur diagnostic : authentique.

– Par saint George, quel soulagement...

– Je n'avais aucune inquiétude, indiqua Higgins ; la reine possède un sens artistique très sûr.

Le superintendant s'essuya le front avec son mouchoir. Le pire était évité.

Les experts reprirent leurs recherches.

– *Jésus entre Marthe et Marie* me paraît suspect, déclara l'un d'eux ; un examen approfondi est nécessaire.

Les rayons X révélèrent, sous les couches de peinture, l'existence d'une signature moderne, et d'une incroyable inscription en noir, sur la toile : « Copie conforme ». S'y ajoutait une date fort récente.

Le même dispositif fut décelé à propos de la *Vue de Delft*.

– Deux faux sublimes, conclut l'expert principal. On jurerait deux vrais Vermeer ; n'importe quel spécialiste s'y tromperait. Sans les rayons, il est impossible de déceler la supercherie.

Higgins regarda la signature avec attention. En réalité, il s'agissait d'une sorte de chiffre à l'ancienne, semblable à ceux qu'utilisaient les maîtres d'atelier au Moyen Âge. Il ne fournissait aucune indication sur l'identité du faussaire.

– Pour moi, déclara Marlow, tout est clair. John Jones et le secrétaire particulier de Sir Langston étaient complices. Comme ce dernier à découvert le complot, ils l'ont supprimé. Puis William Morton a jugé bon de se débarrasser de son acolyte. Je le fais appréhender sur l'heure ; il nous donnera le nom du faussaire et nous indiquera le lieu où il a caché les vrais tableaux.

– Comme vous voudrez, dit Higgins, songeur.

CHAPITRE XXVI

Estimant que William Morton, se sachant démasqué, se montrerait dangereux et n'hésiterait certainement pas à utiliser une arme, le superintendant investit Dutchfield Castle avec une vingtaine d'hommes bien entraînés. Ils ne rencontrèrent d'autre résistance que Deborah Cairo, furieuse de voir le château sali par des bottes boueuses. Higgins la persuada de ne pas s'interposer.

Le secrétaire particulier de Sir Langston ouvrit lui-même la porte de son bureau. Vêtu d'un sobre costume sombre, le visage fermé, il était la dignité personnifiée.

– Voilà beaucoup d'agitation, messieurs ; en serais-je la cause ?

– Je vous accuse de meurtre sur la personne de votre patron et celle de John Jones, ainsi que de vol d'œuvres d'art, déclara Scott Marlow.

– Impressionnant. Vos preuves ?

– Vous passerez aux aveux. Puisque la vérité nous est connue, pourquoi la nier ?

– Vous me permettrez d'avoir un avis quelque peu différent.

– Veuillez me suivre, monsieur.

– À votre guise.

Au soulagement de Marlow, William Morton ne manifesta aucune animosité et se comporta comme un gentleman.

– Les menottes ?

– Ce ne sera pas nécessaire.

– Soyez-en remercié.

Le secrétaire particulier s'engouffra à l'arrière d'une voiture banalisée.

– Bonne chance, mon cher Marlow ; je suis persuadé que vous tirerez le maximum de votre interrogatoire.

– Qu'est-ce que cela signifie, Higgins... vous ne venez pas ?

– J'aimerais passer la nuit au château.

– Mais enfin !

– Deborah Cairo m'a appris qu'Ysi acceptait de me recevoir ; de plus, j'aimerais vérifier deux ou trois détails.

– Ne croyez-vous donc pas à la culpabilité de Morton ?

– Un fait est certain ; il n'est pas innocent.

– Je passe vous chercher demain matin.

– Espérons que nos démarches respectives seront fructueuses.

*
**

Cardigan vert pâle, pantalon à fleurs, cheveux noirs avec frange, collier de perles : Ysi Toknow était ravissante. Le teint charmeur, le regard posé, elle paraissait détendue.

– Je suis heureux de vous voir en excellente santé, mademoiselle.

– Vous seriez-vous soucié de moi, inspecteur ?
– N'étiez-vous pas menacée de mort ?
– Ainsi, vous m'avez prise au sérieux.
– Bien entendu.
– J'ai eu peur, si peur... et j'avais raison ! Quand j'ai appris le décès de mon père, je suis entrée dans un tunnel si obscur que j'ai cru devenir aveugle. Tout s'est brouillé dans ma tête, et je me suis endormie. Mon sommeil fut peuplé de cauchemars... Votre présence me rassure.
Ysi Toknow s'assit sur le rebord d'une bergère. Chacun de ses mouvements était léger, presque aérien.
– Avez-vous identifié l'assassin de mon père ?
– Le superintendant Marlow vient d'arrêter William Morton.
Elle sourit, fascinante.
– Vous ne me répondez pas, inspecteur.
– Peut-être l'interrogatoire du secrétaire particulier de Sir Langston se terminera-t-il par une inculpation définitive.
– Mais vous n'en êtes pas persuadé.
– Vous lisez dans ma pensée, mademoiselle.
– Comment pourrais-je vous aider ?
– En étant en état de répondre à mes questions.
– Je le suis.
L'Eurasienne se concentra, prête à subir l'épreuve.
– Au cours de mon enquête, un personnage m'a beaucoup intrigué : le peintre Gavin Jerphanion. Un homme tourmenté, s'il en est ; un talent contestable, beaucoup d'ambition, de nombreuses contradictions. Je crains qu'il ne se soit aventuré sur un mauvais chemin.
– Qu'a-t-il fait ? demanda Ysi d'une voix inquiète.
– Saviez-vous qu'il militait aux côtés de Helen Eade pour ressusciter la culture grecque antique ?
– Il m'en avait parlé, c'est vrai...

– Quelles sont ses véritables intentions ?

– Gavin a beaucoup de mal à percer. Mon père l'a aidé, car il croit en son œuvre, bien qu'elle soit abstraite, mais ce n'était pas suffisant. Quand il a rencontré Helen Eade, lors d'un cocktail, il fut persuadé d'avoir une opportunité. En raison de la position sociale d'Helen, il espérait convaincre de riches collectionneurs d'acheter des tableaux ; mais la poétesse exigeait une contrepartie : l'adhésion à sa cause.

– La redoutiez-vous ?

– Pas du tout. Helen est une femme passionnée, parfois exaltée, mais sincère.

– Saviez-vous que quelques-uns de ses fidèles maniaient le pistolet et le fusil ?

La jeune femme sembla choquée.

– Gavin n'a quand même pas été mêlé à...

– Non, il se contente de jouer la tragédie grecque, costumé à l'ancienne.

Ysi Toknow ne put retenir un rire cristallin.

– Vous voyez bien, inspecteur ! Il ne s'agit que d'un amusement inoffensif.

– Quand êtes-vous tombée amoureuse de lui ?

L'Eurasienne inclina la tête sur son épaule gauche.

– Amoureuse ? Je ne sais pas. Depuis ma prime jeunesse, je rêve d'un grand amour, d'un homme qui me courtise comme une princesse, me récite des poèmes et m'emmène dans des lieux magiques. J'ai eu quelques flirts à Bruxelles, mais rien de sérieux. Quand Gavin m'a déclaré sa flamme, je n'ai pas dormi pendant deux jours. Ce fut un moment merveilleux, inoubliable... pourtant, quand il m'a dit « je vous aime », je fus incapable de répondre « moi aussi ». Ma réaction m'a étonnée moi-même ; étais-je trop passive, obéissais-je à une crainte sans fondement ? Gavin n'exigea aucun engagement. Nous nous sommes revus, lui empressé, moi hésitante ; il a fait plusieurs portraits de moi, attendant que je partage enfin ses sentiments. Mais je n'y parvenais pas... Ai-je eu tort, inspecteur ?

– En matière de sentiments, qui pourrait avoir raison ?

– Mon père ne vit pas d'un bon œil les assiduités de Gavin ; il décida de m'envoyer à Bruxelles, et je dus lui obéir. J'avais pourtant un merveilleux professeur au château...

– Linda Caine ?

– Sa technique est exemplaire. En Belgique, aucun de mes professeurs ne lui arrivait à la cheville.

– Comment Gavin Jerphanion a-t-il réagi à l'annonce de votre départ ?

Ysi se contracta, se leva, et alla s'asseoir sur le rebord de son lit.

– Très mal. Il a jugé cette décision injuste et stupide.

– A-t-il osé affronter votre père ?

– Non, ce n'est pas dans son tempérament. Mais il m'a affirmé qu'il se vengerait.

Un voile de tristesse revêtit le beau visage de l'Eurasienne.

– Une simple bravade, inspecteur, une réaction d'amoureux déçu. Il est incapable d'agresser quelqu'un, encore moins de le tuer.

Higgins prit des notes sur son carnet noir, sous le regard inquiet d'Ysi Toknow.

– Reposez-vous à présent.

– Passerez-vous la nuit au château ?

– C'est mon intention, en effet.

– Est-ce que... je vous ai aidé ?

– Beaucoup.

– Croyez-vous vraiment que Gavin est un assassin ?

– Je travaille comme un vieil alchimiste, expliqua Higgins ; j'exclue les idées préconçues et les *a priori* afin de mieux accumuler les matériaux et de laisser la décantation s'opérer d'elle-même.

– Je regrette tellement de ne pas vous avoir rencontré plus tôt, inspecteur.

– Ni regrets ni remords : les sages de l'Orient préconisent cette ligne de conduite pour atteindre l'équilibre intérieur, à condition de ne commettre aucune faute contre la vie.

Ysi aurait aimé retenir cet homme tendre, doux et délicat, lui dire qu'elle éprouvait un curieux sentiment, qu'elle n'avait plus sommeil, et que sa chambre prenait des allures de palais lorsqu'il s'y trouvait ; mais Higgins refermait déjà la porte, sans bruit.

CHAPITRE XXVII

– Je n'ai pas eu le temps de vous préparer une chambre, se plaignit Deborah Cairo.

– Sans importance, dit Higgins. Je n'ai pas l'intention de dormir.

– Ah ? Mais alors...

– Je visite le château.

– Pendant la nuit ?

– Soyez rassurée : je ne troublerai le sommeil de quiconque.

Drapée dans son châle à larges mailles, l'intendante parut fort contrariée.

– C'est que... ne pourriez-vous remettre à plus tard...

– Hélas, non !

– Par où commencerez-vous?

– J'irai au hasard.

– Ce château est rempli de pièges, inspecteur ; soyez prudent.

– Merci du conseil.

*
**

L'ex-inspecteur-chef, un bougeoir en argent à la main, parcourut les salles, les couloirs et les salons de Dutchfield Castle. Se déplaçant comme un chat dans les ténèbres, frôlant les meubles sans les toucher, il examina chaque mur, ouvrit les portes de chaque armoire, regarda sous les fauteuils. Sensible à l'âme des demeures, il constata que ce château n'émettait pas d'ondes nocives. Il ressentait une sorte de vide, d'absence qui ne pourrait être comblée.

Au second étage, à l'extrémité de l'aile nord, il s'arrêta devant une fenêtre.

Un superbe trompe-l'œil, le seul de Dutchfield House. Higgins se souvint du paragraphe cent quinze du tome II du *Manuel de criminologie* de M.B. Masters, consacré aux dissimulations d'accès. Sans nul doute, cette fenêtre était une porte masquée.

La femme qui épiait l'ex-inspecteur-chef avança d'un pas. Il ne l'avait pas repérée. À présent, il était agenouillé, la nuque offerte, telle une victime facile à éliminer. Encore un pas. Avec l'objet qu'elle tenait, elle l'assommerait sans peine.

– Vous pourriez me faire gagner du temps, Mlle Cairo, dit Higgins sans se retourner. Où est dissimulée la serrure ?

– En haut à droite, répondit l'intendante.

– Vous avez la clé, je suppose ?

– La voici.

L'énorme clé en fer ne grinça pas dans la serrure. Higgins découvrit un placard très profond, où étaient entassés des vases anciens.

– Ce que vous cherchez est ici, affirma Deborah Caine. Tout au fond. Comme vous auriez fini par le trouver, je préfère que vous ne mettiez pas le château sens dessus dessous. Après, c'est moi qui range.

Higgins extirpa deux toiles.

Il venait juste de découvrir deux Vermeer d'une qualité exceptionnelle, *Jésus entre Marthe et Marie* et la *Vue de Delft*. L'ex-inspecteur-chef crut qu'il venait de retrouver les originaux qu'un faussaire avait remplacés par des copies à la galerie Némésis. Mais une signature attira son attention : Gavin Jerphanion.

– Comment saviez-vous que ces œuvres étaient dissimulées ici ?

– Parce que j'ai vu quelqu'un les y cacher. Au château, rien ne m'échappe.

– Qui était-ce ?

– Vous tenez vraiment à le savoir ?

– À votre guise, Deborah.

– Cela aussi, vous l'auriez découvert... C'était Linda Caine.

*
**

Higgins ne dormit pas. Il passa le reste de la nuit dans la bibliothèque, où il consulta de nombreux ouvrages consacrés à la peinture flamande et hollandaise. Ces heures studieuses lui rappelèrent son existence d'étudiant à Cambridge, où la soif d'apprendre effaçait le sommeil et la fatigue.

Lent déploiement des lignes enchanteresses,
Pages tournées au gré des pensées,
Saveurs des mots aux teintes vermeilles,
Châteaux volants aux phrases envolées,

chantait si justement Harriet J.B. Harrenlittlewoodrof dans l'*Ode à l'étudiant sous la lampe.*

Au petit matin, Deborah Cairo lui apporta son café, des toasts et de la marmelade.

– Ce n'est pas raisonnable, inspecteur. Vous allez vous épuiser.

– Les exigences de l'enquête, mademoiselle ; à mon âge, on dort peu.

La porte de la bibliothèque s'ouvrit sur Linda Caine, à peine vêtue d'un déshabillé vert d'eau. Un Fragonard serait tombé en pâmoison, un Fra Angelico l'aurait transformée en Vierge méditative, un Rodin l'aurait sculptée sur-le-champ.

– Inspecteur Higgins ! J'avais cru entendre des bruits. Vous... vous avez passé la nuit ici ?

– Une obligation. Pourrais-je vous parler ?

Soudain gênée, elle recula.

– Bien sûr... je reviens.

Higgins eut le temps de se sustenter. Linda Caine réapparut, maquillée avec discrétion, vêtue d'un ensemble mauve. Dans ses ravissants yeux vert d'eau, on lisait une angoisse qu'elle ne parvenait pas à dissimuler.

– Que pensez-vous de l'arrestation de William Morton ? demanda l'ex-inspecteur-chef.

– Je crois que c'est une erreur ; le secrétaire particulier de Sir Langston est un homme honnête et consciencieux. Jamais il n'aurait porté la main sur son patron.

– Participer à un trafic de tableaux vous paraît-il au-dessus de ses forces ?

– Je... je ne sais pas.

– Saviez-vous que Sir Langston était un spéculateur forcené ?

– Je ne salirai pas sa mémoire.

– Est-ce exact, Mme Caine, ou s'agit-il d'une calomnie ?

– Langston n'aimait que l'art, inspecteur, pas l'argent ; s'il jouait avec les investissements, c'était pour accroître sa collection. Qui le lui reprocherait ?

– Vous avait-il parlé en détail de son voyage à Montréal ?

– Non, vaguement. Il devait y traiter une affaire importante et revenir sans tarder à Dutchfield Castle.

– Approuviez-vous la liaison entre Ysi et Gavin Jerphanion ?

– Ce n'était pas à moi de juger, inspecteur.

– Vous aviez bien un avis ?

– Pourquoi critiquer les amours d'autrui ?

– Sir Langston ne s'en privait pas.

– Il veillait sur Ysi avec un soin jaloux.

– Jerphanion était son protégé, Ysi sa fille adoptive : Pourquoi refusait-il leur union ?

– Il ne croyait pas à la réussite d'un mariage entre artistes ; et puis Ysi n'était pas sûre de ses propres sentiments.

– Gavin Jerphanion s'est pris de haine contre son protecteur.

– Quelques mots violents, sans conséquence.

– Vous appréciez beaucoup ce jeune peintre, me semble-t-il ?

Le regard de Higgins se fit incisif ; Linda Caine ne le soutint pas.

– Il... il ne manque pas de talent.

– Vous mentez mal, Mme Caine.

– Inspecteur...

– J'ai trouvé les tableaux que vous avez cachés.

– Deborah m'a dénoncée, n'est-ce pas ?

– J'étais sur le point d'aboutir. Deux admirables copies de Vermeer, signées Gavin Jerphanion. Presque aussi parfaites que les faux exposés à la galerie Némésis.

– Les faux ? Vous voulez dire que...

– Il ne servait à rien de garder ici les toiles de Jerphanion ; après ce premier essai réussi, il a recommencé. Cette fois, avec la complicité de William Morton.

– Je ne peux y croire.

– Il faut pourtant se rendre à l'évidence ; la tentation de réaliser une formidable opération fut trop forte. Vous avez voulu protéger le prétendant d'Ysi, mais il a oublié toute prudence. Trop de livres sterling en perspective.

– Je lui avais recommandé de ne pas s'attaquer à Vermeer, malgré ses dons ; cela aurait beaucoup contrarié Sir Langston. Mais son travail était d'une telle qualité que je ne me suis pas résolue à le détruire.

– Votre appréciation positive l'a enivré. À juste titre, il s'est cru capable de tromper son monde. Il a presque réussi, d'ailleurs.

– N'ébruitez pas cette affaire, je vous en prie ! La réputation de Langston...

– Seuls les experts sont au courant. Il nous reste à retrouver les tableaux authentiques ; d'ici là, le public continuera à admirer les faux.

– Pourquoi tuer Langston, puisqu'il aurait été déshonoré ?

– On peut envisager un complot, estima Higgins. À l'annonce de l'exposition, Morton eut l'idée de faire fortune en remplaçant deux Vermeer par de sublimes copies. L'artiste capable de les exécuter, il le connaissait : le protégé de son patron, qui se livrait à un commerce d'imitations pour garnir sa bourse. Helen Eade, qui voulait se venger de Sir Langston, qu'elle considérait comme l'assassin de son père, a certainement eu vent de ce projet et s'y est associée. La vengeance était son mobile.

– Tout cela n'explique pas l'assassinat. Même ligués, ils n'avaient qu'à diffuser une information qui mettrait en cause l'authenticité des tableaux exposés et la probité de Langston. Il n'aurait pas résisté à une campagne d'opinion que son ennemi Drosetti aurait savamment organisée, et se serait tiré une balle dans la tête.

– Un grain de sable dans la machine, Mme Caine. Je suppose que Sir Langston a pris conscience de la machination montée contre lui. Dès lors, son existence devenait un danger pour les comploteurs.

CHAPITRE XXVIII

L'officier de la police montée canadienne effectuait sa ronde quotidienne dans un splendide bois de bouleaux, proche de Montréal, en partie aménagé pour la promenade. Le dimanche, de nombreux promeneurs goûtaient la majesté du lieu et pique-niquaient sous les ombrages.

Le cheval du policier, pourtant fort calme, se cabra en hennissant. Son maître le caressa et le calma, puis examina les alentours à la jumelle : sa monture ne s'était pas comportée ainsi sans raison.

À une centaine de mètres, il repéra un homme assis contre un tronc, un chapeau sur la tête, les jambes allongées devant lui. Le cheval refusa d'avancer. Le policier sauta à terre et sortit son arme.

– Hep, monsieur !

L'homme ne répondit pas.

Le policier, intrigué, s'approcha. Il renouvela son appel, sans obtenir de réponse. Lorsqu'il toucha l'épaule du dormeur, ce dernier s'écroula sur le côté.

Il était mort, les vertèbres cervicales brisées.

Son visage n'était pas inconnu ; le policier, qui possédait une excellente mémoire visuelle, avait en tête les photographies et les signalements des personnes recherchées. Le cadavre en faisait partie.

*
**

Linda Caine avait mis un cabinet de toilette à la disposition de Higgins. Aussi l'ex-inspecteur-chef était-il tout à fait présentable lorsqu'il monta dans la Bentley de Marlow, mal rasé et les traits tirés. La vieille voiture, malgé l'heure matinale, s'élança courageusement vers Londres.

– Des résultats positifs, mon cher Marlow ?

– Aucun, déplora le superintendant. Ce William Morton est une véritable muraille. J'ai respecté la loi mais je ne l'ai pas ménagé ; malgré une nuit blanche, il ne reconnaît aucun chef d'accusation.

– Le meurtre de Sir Langston ?

– Son passé de fidèle secrétaire particulier plaide pour lui. Il éprouvait une véritable vénération pour son patron, toutes ses relations d'affaires l'attesteront.

– Le trafic de tableaux ?

– Irréaliste. Personne ne s'engagerait dans une aventure aussi insensée.

– Les vrais tableaux ont pourtant disparu.

– Il ne se l'explique pas.

– Sa complicité avec Gavin Jerphanion ?

– Il la nie. Il ne connaissait le peintre que de loin et n'avait aucune raison d'entrer en contact avec lui.

– Bien entendu, il ne porte aucune responsabilité dans le meurtre de John Jones ?

– Bien entendu.

Au Yard, Higgins rencontra Babkocks qui venait apporter une pile de rapports. La fumée de son cigare empestait les couloirs.

– Sacrée soirée, dit le légiste. Une noyée datant de quinze jours, un caïd de la pègre avec onze balles groupées dans l'abdomen, et ton Américain écrabouillé. Du facile, mais du pénible.

– Quelque chose de particulier, concernant John Jones ?

Babkocks mâcha un morceau de cigare.

– Une jolie originalité : du chloroforme dans les poumons.

– Bizarre.

– Pas tellement. Ton type a été drogué, juste assez pour qu'il se déplace en titubant. À tous les coups, il devait passer sous les roues d'une voiture. Du travail bien fait ; le pauvre gars n'avait aucune chance d'en réchapper.

– C'est signé, à ton avis ?

– Un gang, à coup sûr. Derrière, des gros sous. Trouve la tête, le corps suivra.

*
**

Après être passé par une salle de douches et avoir bu un thé très fort accompagné d'œufs au bacon, Scott Marlow manifesta une énergie nouvelle.

– Arrestation de Jerphanion et confrontation avec Morton, décréta-t-il. Le peintre sera moins coriace que le secrétaire.

– Espérons-le, dit Higgins sans enthousiasme.

Gavin Jerphanion se trouvait chez lui, mais pas seul. À 9 h 32, il dormait encore, au milieu de son atelier en désordre, aux côtés de la belle poétesse grecque Helen Eade. Face à une situation aussi critique, les deux policiers prirent une initiative rare ; ils toussotèrent ensemble.

La poétesse s'éveilla la première, langoureuse ; elle jeta un œil étonné aux visiteurs.

– Ah... ; c'est vous... Qu'est-ce que vous cherchez encore ?

– Gavin Jerphanion, répondit Marlow, auguste.

– Seriez-vous devenu aveugle ?

Elle secoua l'artiste, qui émergea du sommeil avec difficulté.

– Tu es là, Helen ?

– Oui, mais pas seule.

– Qui...

– Scotland Yard.

Les deux mots agirent comme une décharge électrique. Gavin Jerphanion sortit de son lit tel un diable hors de sa boîte.

– Vous êtes le complice de William Morton, affirma Marlow, incisif.

– De qui ?

– Ne vous moquez pas du Yard, M. Jerphanion.

Le peintre s'enveloppa dans une robe de chambre rouge, tandis qu'Helen Eade, royale, traversait l'atelier pour se réfugier dans la salle de bains.

– Vous ne pouvez nier que vous reproduisez à la perfection des tableaux anciens, rappela Higgins.

– Certes, mais...

– Où sont les originaux de la *Vue de Delft* et de *Jésus entre Marthe et Marie* ?

– À l'exposition, dans la galerie Némésis.

– Ce n'est pas l'avis du Yard, intervint Marlow ; veuillez vous habiller et me suivre.

– Pour quelle raison ?

– Au mieux, vol qualifié ; au pire, meurtre avec préméditation.

– Helen ! hurla le peintre. Helen, viens vite !

Revêtue d'un peignoir orange, la poétesse répondit à l'appel de son amant. Jerphanion se réfugia auprès d'elle.

– Vous n'avez aucun motif suffisant pour arrêter Gavin, affirma-t-elle.

– Nous le soupçonnons des plus graves délits, rétorqua le superintendant.

– Suspicion n'est pas preuve ; nous vivons dans un pays libre, n'est-il pas vrai ?

– M. Jerphanion est complice de William Morton.

– Ridicule, estima Helen Eade ; Gavin est un artiste, Morton un administratif. Aucun contact possible entre eux ; toute théorie qui se fonderait sur une relation quelconque serait illusoire et facile à écarter.

– Votre système de défense n'est guère solide, estima Higgins.

– Brutalisez Gavin, et je porte plainte.

– Nous envisageons également votre inculpation pour complicité, Mlle Eade.

La poétesse sourit, amusée.

– Ce sont des coups d'épée dans l'eau, inspecteur.

– Vous avez bien vite oublié Sir Langston, me semble-t-il.

– Qu'en savez-vous ? Il est possible d'avoir plusieurs hommes à la fois, et même un défunt. Vous, Britanniques et hypocrites, n'admettez pas ma conduite. Je m'en moque !

Marlow hésita à porter une nouvelle attaque ; d'un regard, Higgins l'en dissuada.

*
**

– Morton relâché, Jerphanion et Helen Eade en liberté, bougonna Scott Marlow, en vidant un verre de bière brune. Je me demande si la justice existe encore.

– En ce bas monde, c'est peu probable, commenta

Higgins en consultant le *Times*. Pensée peu originale, j'en conviens, mais toujours aussi désolante.

– Sans cette maudite poétesse, le peintre aurait craqué.

– Ce n'est pas certain, il pratique la fuite avec un art consommé.

– Nous n'aboutissons à rien, Higgins.

– Un peu de patience, mon cher Marlow ; les fils sont si entremêlés qu'il nous faut encore un peu de temps pour déceler le vrai du faux. Pardonnez-moi de parcourir le journal, mais je constate avec satisfaction qu'aucune rumeur n'a filtré.

– Cet état de grâce ne durera pas. Si Sa Majesté apprend que deux faux ont été exposés en même temps que son tableau, quel scandale ! Le trône risque d'être éclaboussé... et moi, licencié. L'*establishment* ne me le pardonnera pas.

– Nous tâcherons d'éviter ce désastre.

Higgins sentit que son collègue, malgré le travail accompli depuis le début de l'enquête, perdait confiance.

– Voici une information qui devrait vous intéresser. Le chroniqueur artistique du *Times* a reçu un télégramme de son correspondant de Montréal, relatant un événement datant de la semaine dernière.

« À l'issue d'une vente aux enchères, un sujet européen, probablement de nationalité britannique, agissant pour le compte d'un investisseur, a acquis une toile exceptionnelle, chef-d'œuvre attribué à l'école de Raphaël. Vente privée, sans aucune publicité, dont nous avons appris l'existence par une indiscrétion. Où finira ce chef-d'œuvre ? »

– Le faux Sir Langston a donc agi au nez et à la barbe de la police locale, conclut Scott Marlow, pessimiste.

– Nos collègues ont dû réagir d'une manière ou

d'une autre ; je suis persuadé que des nouvelles nous attendent au Yard.

*
**

Higgins ne se trompait pas.

La police de Montréal venait de découvrir un cadavre dont le visage et l'allure correspondaient à la description fournie par Scotland Yard. Les Québécois avaient transmis immédiatement plusieurs photographies de la dépouille, avant de la rapatrier.

CHAPITRE XXIX

Pendant qu'une foule de plus en plus nombreuse se pressait pour entrer à la galerie Némésis et contempler l'exposition qui faisait courir le Tout-Londres, Higgins portait les photographies d'un cadavre à son ami Sir Arthur Mac Crombie, colonel en retraite.

Le faux Sir Langston Caine présentait un certain nombre de cicatrices ; l'ex-inspecteur-chef avait aussitôt songé à un blessé de guerre. Pour vérifier son hypothèse, il devait consulter Mac Crombie et prendre le risque de subir un déjeuner préparé par sa cuisinière galloise.

– Higgins, ce vieux forban ! Pour venir dans mon antre, ce doit être sérieux.

Le colonel en retraite habitait une énorme villa près de Greenwich.

– Connais-tu cet homme ?

Sans aucune émotion, Mac Crombie examina les clichés d'une excellente qualité.

– Je te sers un whisky de ma fabrication. Désaltère-toi, pendant que je consulte mes archives. Bien entendu, tu restes déjeuner. Ma cuisinière a préparé un porc aux groseilles et aux trois moutardes. Tu m'en diras des nouvelles.

Vingt minutes plus tard, Sir Arthur Mac Crombie revint avec un épais dossier.

– La bouille de ton bonhomme ne m'était pas inconnue... tu m'as déniché un joyeux drille ! Il s'appelle Douglas Telfer. Une des plus incroyables têtes brûlées de la Seconde Guerre mondiale : campagnes de Syrie, de Libye et d'Égypte, commandos en Sicile, en Italie et en Grèce, médaille militaire à El-Alamein, toujours prêt à s'engager à fond dès que se présentait une cause perdue. Malheureusement pour lui, il a été incapable de se réinsérer dans la vie civile. Sa maigre pension de sous-officier ne lui suffisait pas pour vivre ; il a vécu de petits métiers et de quelques larcins. Ensuite, je perds sa trace ; à toi de jouer.

Higgins regarda les photographies où figurait Telfer en uniforme.

Sans être le parfait sosie de Sir Langston Caine, le baroudeur lui ressemblait étrangement. L'ex-inspecteur-chef comprit comment Linda Caine avait pu se tromper à l'hôpital.

*
**

L'erreur était d'autant plus excusable que Douglas Telfer, d'après les recherches rapides et approfondies du Yard, était un lointain cousin de Sir Langston Caine. Les deux hommes s'étaient sans doute croisés à l'armée, mais n'avaient entretenu aucune relation.

– L'affaire s'éclaircit, estima Marlow ; quelqu'un a retrouvé la piste de Telfer. Tâche relativement aisée, quand on connaissait un peu les milieux de la pègre londonienne. Douglas Telfer y remplissait le rôle de garçon de courses, la tête remplie de rêves et de souvenirs, toujours à la recherche du coup fabuleux qui lui permettrait enfin de faire fortune. Lorsque Sir Langston a été considéré comme disparu, il fut nécessaire de le remplacer pour que la vente aux enchères de Montréal demeure le succès prévu ; c'est pourquoi Telfer a été recruté. Son employeur s'est servi de lui, en promettant une grosse somme, puis l'a éliminé. C'était un plan aussi machiavélique que monstrueux, né dans le cerveau malade d'un homme sans cœur.

– Vous ne devez pas être loin de la vérité, mon cher Marlow, mais il reste plusieurs points obscurs. Par bonheur, l'assassin a commis une belle faute ; mais il ne pouvait agir autrement.

Marlow connaissait bien Higgins ; s'il s'exprimait ainsi, c'est qu'il avait découvert la vérité. La réputation de Sa Majesté serait sauvegardée, de même que le poste du superintendant.

– Réunissons-nous tous les suspects ?

– Dans un premier temps, ce ne sera pas nécessaire ; notre tâche s'annonce des plus difficiles. J'ai obtenu une certitude, mais je ne vous garantis pas un succès complet.

Le téléphone interrompit la conversation. Marlow décrocha.

– Oui, c'est moi... Une visiteuse ? Son nom... Entendu, faites-la monter.

Le superintendant raccrocha, circonspect.

– Helen Eade veut nous voir de toute urgence.

– Surprenant, admit Higgins.

La poétesse arborait de nouveau sa cape lamée et perlée, et son pantalon doré. Ses yeux noirs flamboyaient. Ce n'était pas la femme d'affaires froide et déterminée, mais la pythonisse en quête d'inspiration olympienne qui venait défier Scotland Yard.

– Gavin Jerphanion est hors de danger, annonça-t-elle, superbe.

– Qui le menaçait ? demanda Marlow.

– Mais vous, bien sûr !

– Qu'avez-vous fait, mademoiselle ?

– À l'heure où je vous parle, Gavin est à l'abri, en Grèce, dans ma demeure familiale. Là-bas, face à la mer, il peindra en toute sérénité et trouvera un jour la couleur absolue. Je l'y aiderai.

– Jerphanion ne devait pas sortir d'Angleterre ! fulmina Marlow.

– Ici, vous l'auriez torturé. Vous avez bien massacré mon père ! L'Angleterre possède la spécialité d'assassiner les innocents. Et pourtant, j'ai aimé passionnément cet officier britannique, Sir Langston, le seul de votre race qui a compris que la femme n'est pas qu'un animal à sang froid !

– Ne vantez pas trop les qualités amoureuses de Sir Langston, recommanda Higgins ; si vous êtes devenue sa maîtresse, c'était avec l'intention de le supprimer.

Les yeux noirs brillèrent de haine.

– C'est vrai, inspecteur. J'ai fondé ma société secrète pour éliminer un à un tous les soldats anglais qui avaient participé à la répression au cours de laquelle mon père a été exécuté. Mais quelqu'un a tué Langston Caine avant moi, et votre infâme descente de police a dispersé mes troupes !

– Je ne vous crois pas, dit calmement l'ex-inspecteur-chef.

– Comment, vous ne me croyez pas ? En 1944, la Grèce a été déclarée « sphère d'influence britannique » ; mon père résistait depuis quatre ans aux nazis, et vous les avez qualifiés, lui et ses hommes, de « communistes » afin de vous débarrasser de combattants devenus encombrants ! Il est allé vers vous confiant, et vous l'avez fusillé ! Moi, je me suis cachée dans les bois pendant plusieurs semaines, ma grand-mère est morte de chagrin, elle qui m'avait appris l'*Iliade* et l'*Odyssée* en entier. Savez-vous qui vous êtes vraiment, vous, les Anglais ? Des lâches qui tuent des héros pour faire pleurer les femmes !

Si Helen Eade n'avait été femme, Marlow l'aurait défiée en duel.

– Je continue à ne pas vous croire sur un point précis, continua Higgins. Certes, vous êtes venue à Londres avec la ferme intention de vous venger, et vous avez mené votre barque avec tant de talent que vous êtes devenue un personnage public.

Helen Eade ricana.

– Les femmes ont été si longtemps méprisées dans votre beau pays que le féminisme y est né ! J'en ai profité sans vergogne.

– Une étrangère, belle et intelligente, passionnée de mode et de poésie, ne pouvait que réussir.

– N'essayez pas de me flatter ! Quel est donc votre fameux « point précis », inspecteur ?

– Le grain de sable dans votre belle mécanique, le petit détail dont vous avez négligé l'importance : vous êtes incapable de tuer et même de commanditer un crime. La violence existe dans vos sentiments, non dans votre main. Dix fois, cinquante fois, vous avez eu Sir Langston à votre merci ; et vous auriez pu lancer vos amis dans des opérations meurtrières depuis longtemps. Votre vengeance n'est que verbale, mademoiselle, bien que votre souffrance soit réelle. Remerciez les dieux de vous avoir accordé une profonde sensibilité qui vous a évité de basculer dans le crime.

Décontenancée, Helen Eade recula vers la porte du bureau.

– C'est faux, complètement faux ! Je reviendrai, et j'exterminerai les responsables de l'assassinat de mon père ! Savez-vous pourquoi j'ai fait de Gavin Jerphanion mon esclave ? Parce qu'il est mou et inconsistant, parce qu'il n'a aucune des vertus britanniques, parce qu'il est lâche au point de se vendre lui-même ! Celui-là paiera pour les autres !

Dans un mouvement de tragédienne, elle sortit en claquant la porte.

– Faut-il l'arrêter ? demanda Marlow, interloqué.

– Inutile. Helen Eade n'a plus rien à nous apprendre.

– Et Jerphanion ?

– La poétesse vient de confirmer un indice qui me semblait important, mais que je ne parviens pas à relier à l'ensemble.

– L'extrader ne sera pas facile.

– Ce ne sera pas nécessaire, mon cher Marlow ; Jerphanion n'a pas participé directement aux deux meurtres et au vol. Sa ladrerie sera dûment châtiée, soyez-en sûr. Tomber sous la coupe d'Helen Eade n'est pas une sinécure, mais il l'a bien cherché. Seriez-vous assez aimable de prévenir Alexander Drosetti de notre visite imminente ?

Le critique d'art était chez lui. Glacial, il accepta de recevoir Marlow et Higgins en les priant de ne pas s'attarder. Un cocktail l'attendait.

– Nous allons lui offrir une surprise, déclara Higgins.

– De quel ordre ?

– Nous serons trois, et non deux.

– Un allié ?

– Oui et non. Nous passons prendre Jim Yokumaza à l'hôtel Connaught.

CHAPITRE XXX

Dans le grand salon de l'hôtel particulier d'Alexander Drosetti, l'atmosphère était très tendue. Scott Marlow se tenait près de la porte ; il observait le maître de céans, vêtu de blanc, une épaisse chaînette d'or autour du cou, assis près de la cheminée Renaissance, au-dessous d'un grand tableau représentant une Vierge à l'enfant, dans le style de Raphaël. Jim Yokumaza, impénétrable, avait choisi le canapé vénitien. Higgins, son carnet noir à la main, allait et venait.

– J'ai une information à vous communiquer, dit l'ex-inspecteur-chef : Douglas Telfer a été assassiné. Cela ne doit guère vous émouvoir, M. Drosetti ?

Le critique d'art ne sourcilla pas.

– Pourquoi devrais-je être bouleversé ? Ce nom m'est tout à fait inconnu.

– Son visage peut-être pas : il ressemblait étonnamment à Sir Langston. Un air de famille, puisqu'il était un cousin éloigné de votre principal ennemi. Constatez vous-même : voici son dernier portrait.

Alexander Drosetti jeta un coup d'œil sur la photographie que lui présentait Higgins. Il l'écarta, horrifié.

– Mais... c'est un cadavre !

– Je vous avais prévenu. À force de jouer avec le feu, on récolte parfois le crime.

– Je ne porte aucune responsabilité dans la disparition de ce malheureux !

– Vous saviez que Sir Langston spéculait, n'est-il pas vrai ?

Drosetti devint boudeur.

– Comme tout le monde.

Higgins consulta ses notes.

– C'est grâce à votre ennemi, Langston Caine, que votre collection va s'enrichir d'un chef-d'œuvre de l'école de Raphaël, acquis en vente publique à Montréal. Seriez-vous allé jusqu'au meurtre pour vous le procurer, M. Drosetti ?

Le critique d'art, tétanisé, s'agrippa aux accoudoirs de son fauteuil.

– Moi ? Vous n'y êtes pas du tout, inspecteur !

– Ce petit détail vous a trahi : l'école de Raphaël. Vous ne pouviez être que le premier sur les rangs. Une solide inimitié vous liait à Sir Langston, mais elle ne vous empêchait pas de faire des affaires. Comme le disait Winston Churchill, un véritable Anglais ne commercerait-il pas avec le diable ? Bien entendu, cette complicité momentanée ne vous empêchait pas de chercher à vous gruger l'un l'autre.

– Sur ce coup-là, inspecteur, j'avais conclu un pacte avec Caine. Il était beaucoup plus riche que moi : je ne pouvais acquérir seul ce tableau. Nous étions convenus de nous allier : Caine mettait soixante pour cent de la somme, devenait le propriétaire principal du tableau, et me le laissait en dépôt : je le rachetais peu à peu en lui versant des intérêts confortables.

– Vous oubliez la fameuse conférence de Sir Langston : un énorme pavé dans la mare, aux conséquences incalculables. Chaque collectionneur était inquiet, vous en premier, car il remettait fortement en question la valeur de votre patrimoine artistique. Aujourd'hui riche et considéré, demain pauvre et méprisé ; voilà le destin que votre cher ennemi vous préparait.

– Mais... Caine faisait un investissement important dans cette affaire ! Si, en même temps, il provoquait la chute des cours, c'eût été absurde !

– Ne soyez pas si naïf, M. Drosetti : les soixante pour cent du tableau ne représentaient pas pour lui une somme énorme. Au contraire, votre propre participation était un effort maximum. En apparence, il perdait un peu ; en réalité, il vous plongeait dans de sérieuses difficultés. À la suite de sa conférence, il était persuadé que votre collection se dévaluerait et que la sienne prendrait davantage de valeur. Ainsi seriez-vous devenu son débiteur, en vous rendant propriétaire minoritaire d'une toile dont vous seriez bien en peine d'acquitter le solde, sans pouvoir la revendre à son prix d'achat. Votre passion pour Raphaël et son école vous a aveuglé ; Sir Langston s'associait à vous afin de mieux vous étouffer. Par chance, en ce qui vous concerne, il est mort au bon moment.

– Tant mieux, en effet ! Ce bandit allait me ruiner d'une manière vile et malhonnête ! Jamais vous ne parviendrez à prouver que je l'ai assassiné... parce que je ne suis pas coupable ! D'autres que moi avaient mille raisons de le haïr. Mon ancienne épouse, Linda, le détestait.

– Vous avez tenté de la manipuler, et d'en faire une faussaire, n'est-il pas vrai ?

– Personne ne peut manipuler Linda !

– Probable, M. Drosetti ; aussi avez-vous utilisé les talents de Gavin Jerphanion afin de substituer deux copies de Vermeer aux originaux, lors de la grande exposition organisée par Langston Caine, et de garder les derniers pour vous. Un beau moyen de faire fortune en pratiquant le chantage aux assurances ; mais John Jones était expert en son métier et a soupçonné la supercherie. Non seulement vous avez tué Caine par intérêt, et peut-être aussi par jalousie, mais encore vous vous êtes débarrassé d'un détective devenu beaucoup trop curieux.

– C'est... c'est effarant !

Jim Yokumaza demeurait imperturbable, mais très attentif. Higgins délaissa Alexander Drosetti pour s'occuper du Japonais.

– La conférence de Sir Langston ne vous inquiétait guère, M. Yokumaza.

– Une baudruche, inspecteur.

– Mieux vaut qu'elle n'ait pas éclaté, car certains de vos amis eussent été fort mécontents. Sir Langston n'était pas votre seul client, me semble-t-il.

– Chacun juge une situation de son propre point de vue.

– Vous avez commis une erreur en tentant de gagner Montréal au plus vite ; ne seriez-vous pas trop perfectionniste, et désireux de surveiller les moindres faits et gestes de ceux que vous engagez ? Vous résiderez bientôt en prison, en Angleterre ou au Canada et vous aurez à répondre des meurtres de John Jones et de Douglas Telfer.

– Je n'ai pas bougé de l'hôtel Connaught, inspecteur.

– Quelques appels téléphoniques et des messages transmis discrètement au gang que vous dirigez auront suffi ; je ne vous ferai pas l'injure de vous traiter d'exécutant. Pas de sang sur les mains, bien entendu. Sir Langston appréciait votre exactitude et votre discrétion, mais il savait aussi que vous étiez un tricheur-né et que vous jouiez sur plusieurs tableaux, si vous me passez l'expression. Et vous saviez qu'il le savait, ce qui est la moindre des nécessités entre collaborateurs efficients. Mais Sir Langston a eu la malencontreuse idée de disparaître alors que vous vous prépariez à réaliser une excellente affaire. Hors de question de la rater. Il vous fallait au plus tôt un remplaçant, afin de mener à bien votre stratégie, développée tant avec Caine qu'avec Drosetti.

Le critique d'art se leva.

– Ce n'est pas possible... Jim, nous nous étions bien mis d'accord ! Vous ne m'avez quand même pas trahi au profit de Caine !

– À partir d'un certain chiffre, indiqua Higgins, M. Yokumaza ne connaît qu'un profit : le sien. Sir Langston vous avait parlé d'un lointain cousin que vous avez retrouvé avec d'autant plus de facilité qu'il évoluait dans les milieux de la pègre londonienne où vous avez vos entrées. Il a accepté, moyennant finances, de tenir le rôle de Sir Langston, afin que ce dernier ne soit pas officiellement mort, et de conclure l'affaire de Montréal. Là-bas, en votre absence, Douglas Telfer s'est enivré avec les sommes mirobolantes qui défilaient devant ses yeux. Il a tenté de vous faire chanter, n'est-ce pas ?

Le Japonais demeura muet.

– Son appel téléphonique au Connaught a été enregistré. Vous avez été laconique, mais pas lui. Ensuite, vous avez rappelé le Canada pour donner l'ordre à un tueur de l'abattre.

Scott Marlow était sidéré, mais n'intervint pas ; le Yard n'avait pas placé le Japonais sur écoute. Une nouvelle fois, Higgins jouait aux échecs à sa manière.

Jim Yokumaza sourit.

– Bien joué, inspecteur ; je déteste les amateurs, en effet, et je ne supporte pas le chantage. Telfer était un être décadent et méprisable, juste apte à jouer une petite comédie. S'il était resté en place, il serait encore vivant.

– Certainement pas, objecta Higgins. Dès votre premier contact, vous aviez décidé de le supprimer ; il ne pouvait tenir son rôle que quelques jours jusqu'à ce que l'enquête sur la mort de Sir Langston ne fût officiellement entamée.

– Vous me comprenez mieux que je ne le supposais.

– Pour vous et Drosetti, l'affaire tenait toujours, puisque vous utilisiez l'argent de Caine, dûment mandaté par lui, du moins tant qu'il était vivant. Disposer d'un Caine, même faux, était donc indispensable. Et ce malheureux Telfer s'est cru propriétaire d'un tableau qu'il voulait vous revendre au prix fort ! Il a payé son imprudence de sa vie, qui ne valait guère plus qu'un simple appel téléphonique entre l'hôtel Connaught et un tueur de Montréal.

– J'aurais aimé travailler avec vous, inspecteur.

– Vous donnerez au superintendant le nom de l'assassin, afin de dégager une part de votre responsabilité, de même que celui – ou plutôt ceux – de John Jones. Son existence n'avait guère de prix, elle non plus ; un peu de chloroforme et une voiture volée. Jones vous connaissait ; il avait eu vent de l'opération de Montréal, voulait vérifier les financements, établir votre rôle exact, et vous soupçonnait d'un trafic de tableaux où vous auriez utilisé les services d'un faussaire.

– Il se trompait, comme d'habitude ; un homme scrupuleux, mais sans intelligence.

– Quand il a été écrasé, il se rendait chez Gavin Jerphanion pour l'interroger.

– J'ignorais ce détail.

– Et vous, M. Drosetti ?

– Moi aussi, naturellement ! Je suis une victime, inspecteur... J'ai été berné par Caine, par Jerphanion, par ce Japonais et par je ne sais qui d'autre !

Alexander Drosetti s'effondra, larmoyant. Si le dédain avait eu la capacité de tuer, le regard de Yokumaza l'aurait foudroyé sur-le-champ.

– Brillante reconstitution, apprécia le Japonais, mais il y manque une petite touche. Certains mécanismes financiers vous échappent.

– « Mécanisme financier » : c'est ainsi que vous

qualifiez William Morton ? En raison de sa froideur naturelle, cette appellation lui plairait peut-être.

Pour la première fois depuis le début de cette confrontation, le Japonais parut irrité.

– Sans le secrétaire particulier de Sir Langston, vous n'auriez pu agir. C'est lui qui vous a donné les procurations nécessaires et l'état exact des comptes de son patron. William Morton, auquel Sir Langston avait accordé toute sa confiance pour expédier ses affaires courantes, n'est en réalité qu'un sombre individu, avide d'une fortune que vous lui promettiez. À présent, il passera aux aveux : être accusé de meurtre avec préméditation risque de l'effrayer, une fois établies les preuves de sa corruption.

– Là, vous frappez fort, reconnut Jim Yokumaza. Mais nous allions être remis entre les mains des juges et des avocats et je possède d'excellentes chances de me sortir de l'épreuve à bon compte.

– De l'autre côté, le diable vous attend déjà.

– Sornettes pour enfants, inspecteur.

– Vous verrez bien. Où sont donc les originaux de *Jésus entre Marthe et Marie* et de la *Vue de Delft ?*

– Je ne les possède pas, et vous le savez bien.

CHAPITRE XXXI

Sur la route de Dutchfield Castle, Marlow était de méchante humeur. Certes, Higgins avait élucidé deux meurtres, mais l'assassinat de Sir Langston Caine demeurait mystérieux. Dans deux jours, ce serait la fermeture de l'exposition. Il faudrait bien avouer la vérité aux musées, donc à la presse, donc à l'opinion publique. Leur jeter en pâture un criminel japonais et un illustre critique d'art anglais ne suffirait pas. Rien ne justifiait la disparition de deux Vermeer authentiques.

– Ne désespérez pas, mon cher Marlow. Le délai n'est pas encore épuisé.

– Ce Japonais aurait pu assassiner Sir Langston...

– La vérité est parfois gênante, je vous le concède, mais nous n'avons pas le pouvoir de la modifier.

– Ne possédons-nous aucune piste sérieuse ?

– Pour être franc, il me manque encore un élément.

– J'ai songé...

– Dites.

– À la base du cou de Langston Caine, il y avait une petite coupure ; or, William Morton possédait une lame de Tolède dont il se servait comme coupe-papier.

– Ce détail est tout à fait essentiel, mon cher

Marlow. Ou bien Morton était l'auteur de cette blessure, et l'accuser de meurtre eût été plausible ; ou bien il fallait l'attribuer à une pierre coupante. Dans ce dernier cas, le corps de Sir Langston a dû être traîné sur le sol.

– Solution simple, Higgins : le crime a été commis au château !

– Le fait est acquis, superintendant ; les solutions simples sont souvent les meilleures.

– Alors... Linda Caine, Ysi Toknow, ou Deborah Cairo ?

– Nous possédons la même liste.

– Sans exclure une complicité !

– La petite cérémonie à laquelle nous allons assister devrait nous permettre de répondre à ces ultimes questions.

Marlow reprit confiance. La lumière brillait au bout du chemin.

*
**

Dans la bibliothèque de Dutchfield Castle étaient réunies Linda Caine, compagne de Sir Langston Caine, Ysi, sa fille adoptive, Deborah, l'intendante du château, Marlow et Higgins.

L'homme de loi, en jaquette et pantalon rayé, tâta son col dur et dévisagea l'assistance.

– Prenez place, je vous prie.

Lorsque chacune occupa son fauteuil, l'homme de loi s'assit à son tour.

– J'ai l'honneur de vous communiquer les dernières volontés de feu Sir Langston Caine, enregistrées devant moi-même et deux témoins dignes de foi, voici un an. Le défunt était sain de corps et d'esprit. Voici donc le contenu de son testament : il lègue la totalité de ses biens à Mlle Deborah Cairo. Je vous remercie pour votre attention.

L'homme de loi se leva, félicita l'heureuse légataire, la pria de passer à son étude pour régulariser les papiers officiels, et sortit dignement de la bibliothèque.

Un très long silence succéda à sa sortie. Higgins et Marlow attendirent les réactions des trois femmes.

Ysi Toknow, choquée, les lèvres blanches, fut la première à quitter l'assemblée, sans dire un mot. Puis Linda Caine se dirigea vers Deborah Cairo.

– Mes félicitations. À présent, vous êtes riche.

– Je ne savais pas, je vous promets, je...

– Je quitterai le château dès que j'aurai rassemblé mes affaires ; m'accordez-vous quelques jours ?

– Comment en douteriez-vous ?

– Merci de votre bonté.

Higgins ne nota aucune animosité dans la voix de Linda Caine.

Deborah Cairo resta seule avec les deux policiers.

– Êtes-vous vraiment surprise ? demanda Higgins. Vous étiez la seule personne en laquelle Sir Langston avait une confiance absolue.

– Peut-être mais...

– Cet héritage vous rend éminemment suspecte, intervint le superintendant. Sir Langston a déshérité sa compagne et sa fille adoptive : n'êtes-vous pas intervenue de façon souterraine ?

La petite voix mourante fut presque inaudible.

– Vous n'y pensez pas...

– Avez-vous tué Sir Langston ? demanda Higgins avec douceur.

– Non, inspecteur, je vous jure que non ! Je le vénérais et il m'estimait. Ce château, je le maintiendrai ! Personne ne me le volera. Puisque Sir Langston m'a tout donné, je l'accepte. Comptez sur moi pour ne rien dilapider.

Le ton était devenu ferme et décidé.

– Je vous souhaite d'être heureuse ; le superintendant et moi-même regagnons Londres.

Lorsque Marlow, pensif, descendit les marches du perron, Higgins lui glissa quelques mots à l'oreille.

– Attendez-moi un instant ; je vais tenter une expérience.

Higgins surprit Deborah Cairo alors qu'elle se tenait au milieu du hall, contemplant sa propriété. Elle se retourna, affolée.

– Oh, inspecteur ! Vous m'avez fait peur.

– Ce n'était pas mon intention.

– C'est beau, n'est-ce pas ? Si vous saviez comme je suis fière !

– Ce bonheur n'est-il pas contrarié par la disparition de Sir Langston ?

Deborah Cairo baissa la tête.

– Si, bien sûr.

– Ne souhaitez-vous pas l'arrestation de son assassin ?

L'intendante opina du chef.

– En ce cas, il faut me montrer l'endroit où Sir Langston avait aménagé son véritable musée.

– Tout est exposé dans les pièces du château.

– Si vous refusez de reconnaître leur existence, les toiles les plus rares et les plus précieuses n'entreront pas légalement dans votre héritage.

L'argument porta.

– Vous connaissiez le sanctuaire de votre patron, n'est-ce pas ?

– L'emplacement, seulement ; lui seul y pénétrait.

– Une clé spéciale ?

La voix de l'intendante était à peine audible.

– Oui. Sir Langston n'avait aucune confiance dans les systèmes modernes.

– Où la cachait-il ?
– Dans la niche de Joker.
Le chien s'était remis de sa dépression. Il lapa la main de Higgins lorsque celui-ci s'empara de la clé, accrochée à un clou, au fond de la niche.
L'ex-inspecteur-chef suivit l'intendante qui, à pas lents, se dirigea vers le trésor. Higgins était persuadé que Deborah Cairo avait épié et suivi Sir Langston afin de découvrir son secret. Aussi génial qu'il fût en matière d'art, l'historien de la peinture hollandaise manquait de lucidité. N'avait-il pas placé sa confiance en William Morton et Jim Yokumaza ?
Non loin de l'aile droite du château, l'orée du bois. Un vieux mur couvert de lierre semblait abandonné, vestige d'un édifice disparu.
Deborah écarta quelques feuilles.
– C'est ici.
Une lourde porte, une serrure. Higgins enfonça la clé. Elle ne tourna pas.
– C'est bien la clé, et c'est bien la porte, confirma l'intendante.
Higgins comprit qu'un coup de main était nécessaire ; il essaya plusieurs positions, et finit par trouver la bonne. Il poussa la lourde porte et se trouva en face d'un mur de pierres. Un formidable trompe-l'œil.
– Il appuyait dans cette zone-là, précisa l'intendante, en désignant un amoncellement de blocs de granit.
Avec patience, Higgins les essaya l'un après l'autre. Lorsqu'il toucha un fragment en forme de cube, le rideau métallique peint se souleva.
Devant l'ex-inspecteur-chef, les premières marches d'un escalier ancien, s'enfonçant profondément dans la terre. Des lampes s'allumèrent, balisant le chemin.
– M'accompagnez-vous, Deborah ?
L'intendante recula.
– Non, j'ai peur. Vous me raconterez.

Higgins alluma une lampe de poche et commença la descente, examinant chaque marche. Sir Langston avait peut-être disposé des pièges. L'ex-inspecteur-chef parvint sans encombre à une seconde porte décorée de la tête de trois personnages, qu'il identifia comme les trois Rois Mages. Un code d'ouverture; du temps et de la chance seraient indispensables.

Quand Higgins tira sur le nez de Balthazar, sur l'oreille droite de Melchior et sur l'oreille gauche de Gaspard, la porte rentra dans le sol et la caverne aux trésors s'illumina.

Rubens, Rembrandt, Fabritius et tant d'autres... Sir Langston avait accumulé un nombre incroyable de tableaux exceptionnels. Le sanctuaire était frais et ventilé : l'ex-inspecteur-chef perçut le ronronnement discret du dispositif qui assurait une température et un taux d'hygrométrie constants.

Sur le mur du fond de l'extraordinaire musée, une toile recouverte d'un tissu. Il l'ôta avec précaution, persuadé de découvrir l'œuvre à laquelle le collectionneur attachait le plus grand prix.

Un visage presque enfantin, celui d'une jeune femme dans un jardin fleuri. Son front était orné d'un turban de soie dorée, de lourdes boucles d'argent pendaient à ses oreilles. Un Vermeer d'une totale perfection, au trait si précis que son modèle paraissait vivant, prêt à parler.

Soudain, la lumière se fit.

Higgins comprit qu'il venait de rencontrer la jeune fille et la mort.

CHAPITRE XXXII

Marlow, très inquiet, se tenait aux côtés de Deborah Cairo, elle-même fort crispée.

– Mais enfin, Higgins ! Où aviez-vous disparu ?

– Dans le musée privé de Sir Langston.

– Il m'appartient, à présent ? demanda l'intendante, de sa petite voix mourante.

– Oui, à l'exception de deux toiles qui doivent revenir à leur musée.

Le visage du superintendant s'illumina.

– Les avez-vous retrouvées ?

– Presque.

– Elles ne sont pas en bas ?

– Je dois d'abord obtenir les aveux de l'assassin de Sir Langston.

Deborah Cairo trembla. Higgins referma la lourde porte, rabattit le lierre et confia la clé à l'intendante.

– À votre place, mademoiselle, je négocierais ces toiles. Avec la somme obtenue, vous entretiendrez Dutchfield Castle, paierez des domestiques et coulerez une retraite paisible. Sinon, la protection d'un tel trésor vous coûtera une fortune.

– Quel est le coupable ? demanda Marlow.

– Une histoire d'amour fou, mon cher Marlow. Je

disposais de plusieurs indices, mais je n'avais pas réussi à les relier entre eux. De plus, j'ai commis une faute impardonnable.

– Laquelle ?

– J'ai oublié d'interroger le principal témoin. Deborah, auriez-vous l'amabilité de me conduire à la cuisine ?

*
**

Higgins caressa longuement le berger écossais. Malgré ses rhumatismes, Joker accepta de faire une courte promenade en compagnie de l'ex-inspecteur-chef. Il se fourra dans ses jambes, le contempla à plusieurs reprises de cet œil confiant et abandonné que seuls possèdent les chiens. Dès qu'il le sentit faiblir, Higgins le ramena à sa niche, enfin débarrassée d'une clé encombrante.

Pendant que Deborah Cairo servait un plantureux en-cas au superintendant, l'ex-inspecteur-chef se rendit dans l'atelier de Linda Caine, qui commençait à emballer toiles, cadres et pinceaux.

– Sur le départ, Mme Caine ?

– Oui et le plus vite possible ; j'ai pris ce château en horreur.

– Le testament a dû vous décevoir.

– Ainsi va la vie...

– Ne commettez-vous pas une erreur ?

Interloquée, la jolie brune cessa d'emballer un cadre précieux.

– À quoi faites-vous allusion ?

– Je crains que vous n'emporteriez deux tableaux qui ne vous appartiennent pas.

– Je... je ne comprends pas.

– C'est vous, et vous seule, qui savez peindre des faux de la qualité des originaux. Drosetti s'est trompé en attribuant ce talent à Gavin Jerphanion, qui serait bien incapable de reproduire une œuvre ancienne. Bien entendu, sa vanité lui interdisait d'avouer qu'il se contentait de signer un travail accompli de votre main. Il commercialisait des copies que vous réalisiez sans vous soucier de l'argent qu'elles rapportaient, car votre unique but était d'atteindre une perfection dans des styles divers. À mon avis, c'est Helen Eade, l'un de vos modèles, qui présidait cette petite organisation, trop heureuse de tenir un Jerphanion entre ses mains et d'humilier la compagne de Sir Langston. Votre seule vraie signature fut un chiffre, à l'ancienne ; en exposant des Vermeer, dus en réalité à votre fabuleux talent, ne comptiez-vous pas éblouir Sir Langston ?

– Peut-être, inspecteur.

– Vous avez tenté de me faire croire que vous conserviez *Jésus entre Marie et Marthe* et la *Vue de Delft* reproduits de manière admirable par Jerphanion ; en réalité, ce sont les originaux. Ils vous ont servis de modèles, et vous avez ajouté la signature du peintre abstrait. Vous auriez quitté le château sans regret, nantie d'une fortune colossale.

– Les deux tableaux sont dans la caisse, sur votre gauche. J'ai échoué, tant pis pour moi.

– Comment vous êtes-vous procuré ces originaux et comment avez-vous opéré la substitution ?

Linda Caine resta muette.

– Un seul homme pouvait réussir cette délicate opération : Langston Caine lui-même. Ai-je besoin d'en dire davantage ?

La compagne de l'historien d'art s'obstina dans son mutisme.

– Vous avez eu tort de mêler un chien à la découverte du cadavre de Sir Langston, pour faire croire que son flair vous avait menée à cette macabre trouvaille. Le brave Joker n'est pas un grand spécialiste en ce domaine : il n'est même pas parvenu à dénicher un os que je viens de déposer dans un bosquet, à une trentaine de mètres de sa niche. Une maladie infectieuse a probablement détruit son sens olfactif. Joker n'était pas votre chien, et vous le connaissiez bien mal, d'où votre erreur. En réalité, seul un limier était capable de repérer l'emplacement de la sépulture : ce n'est donc pas Joker qui a pu retrouver la dépouille, mais vous, Mme Caine, puisque vous avez étranglé Sir Langston.

Vaincue, lasse, Linda Caine s'assit sur la caisse où se trouvaient les deux Vermeer.

– Votre couple, semblait-il, n'était plus qu'une apparence, mais pas pour vous. Si vous êtes restée auprès de Sir Langston, contre vents et marées, c'est que vous l'aimiez comme au premier jour de votre rencontre.

Les yeux vert d'eau, douloureux, se levèrent vers Higgins.

– Vous avez compris cela ?

– D'abord ressenti. Lorsqu'une femme tolère la liaison de son compagnon avec une rivale aussi dangereuse qu'Helen Eade, elle montre un degré d'attachement tout à fait étonnant. Vous aviez obtenu un *statu quo,* jusqu'au moment où Sir Langston a acquis, très récemment, un certain nombre de tableaux, achat qui a provoqué des querelles que Deborah Cairo n'a pas manqué de remarquer. J'ai supposé que l'un d'eux vous portait ombrage ; où était-il caché ? De jolies toiles sont exposées dans les diverses pièces de ce château, certes, mais aucune œuvre essentielle. C'est pourquoi je conclus que le collectionneur avait accumulé ses trésors dans un musée bien dissimulé, sauf pour Deborah Cairo, qui épiait les faits et gestes de quiconque résidait à Dutchfield Castle. La faire parler était fort délicat, mais l'héritage m'en a donné l'occasion.

– Sans lui, auriez-vous échoué ?

– Je me serais obstiné.

– Vous êtes impitoyable, inspecteur.

– J'aime d'amour la vérité, Mme Caine. Lorsqu'elle est rétablie, une parcelle d'harmonie n'est-elle pas sauvegardée ?

– Je n'avais pas le choix.

– De votre point de vue, c'est exact. Dans le lot que Sir Langston avait acquis, se trouvait un Vermeer sublime, une jeune fille qui incarnait à ses yeux la beauté absolue.

– Ce tableau l'a fait délirer, il en est tombé follement amoureux. Comment lui donner tort ? J'ai tenté de lui prouver qu'il devenait fou, mais il appartenait déjà à l'univers de cette jeune fille.

– Cette jeune fille que vous étiez, madame.

Elle eut un pauvre sourire.

– Que j'avais été, inspecteur, et que je n'étais plus. Langston me retrouvait idéalisée et éternellement jeune, dans ce portrait. Un soir, il m'a coiffée avec un turban. Mon visage lui a paru médiocre, si médiocre, à côté de l'autre... de rage, j'ai arraché ce turban.

– Il est devenu l'arme du crime, n'est-ce pas ?

– J'ai tout essayé. J'ai voulu lui prouver que j'étais capable de peindre comme Vermeer, de prolonger son art. Vous avez vu ce que j'ai fait de *Jésus entre Marthe et Marie* et de la *Vue de Delft*. Mais cette jeune fille... je fus incapable de la peindre. Pour moi, elle incarnait la mort. Mon pinceau tremblait, mes couleurs restaient fades, mes copies lamentables. Langston riait de mon incapacité, il me torturait.

– N'avez-vous pas songé à détruire ce tableau ?

– Plusieurs fois, mais comment m'y résoudre ? Un tel chef-d'œuvre... Langston m'aurait massacrée. Je vous le répète : je n'avais pas le choix. Ou je l'arrachais à sa démence, ou je le...

Linda Caine n'osa pas prononcer le mot. Elle revivait l'horrible scène.

– Une nouvelle fois, j'avais échoué. Langston avait lui-même détruit ma méprisable copie, avant de m'annoncer qu'il descendait dans son sanctuaire pour s'unir à la jeune fille. Le lendemain, il me répudierait. Vivre loin de lui m'était impossible ! Il me fallait au moins son souvenir, pour moi seule. J'ai suivi Langston, j'ai attendu qu'il remonte, et je l'ai étranglé avec le turban. Il est mort de saisissement, sans souffrir. Il ne savait pas que j'étais capable de le tuer par amour. Aujourd'hui, nous sommes ensemble. Je pense constamment à lui. L'autre ne me l'a pas pris.

L'esprit de Linda Caine voguait à présent dans un monde dont elle seule possédait la clé.

– Que s'est-il réellement passé à l'hôpital ?

– Quand on m'a annoncé que Langston avait été retrouvé vivant, après un accident de voiture, j'ai cru devenir folle. C'était bien lui, c'était son visage. La jeune fille l'avait ressuscité ! Mais la voix était différente, vulgaire et agressive. L'homme fut direct et brutal. Il s'appelait Telfer, un cousin éloigné de Langston, et avait été payé pour jouer son rôle pendant quelques jours et faire croire qu'il était vivant. Moi seule détenais la vérité d'après lui : ou je séquestrais mon mari ou je l'avais tué. Telfer était bien décidé à me faire chanter ; en échange de mon silence, il exigeait beaucoup d'argent.

– En déterrant vous-même le corps, vous réduisiez ses prétentions à néant et vous vous innocentiez vous-même.

– C'est vrai, mais je ne pouvais laisser Langston dans cette ravine ; il méritait une sépulture digne de son exigence artistique. Voilà longtemps qu'un cercueil ancien a été préparé ; il reposera dans son musée.

– Sous le regard de la jeune fille ?

– Sous le regard de la mort.

CHAPITRE XXXIII

La dépouille mortelle de Sir Langston Caine fut déposée dans un sarcophage en forme de clavecin du XVIIe siècle, portant l'inscription « Associé de la joie, remède de la douleur ». Avec l'accord de Scott Marlow, Linda Caine avait pu assister à la brève cérémonie célébrée dans le musée souterrain. Silencieuse, le visage recouvert d'une voilette noire, la criminelle avait suivi le superintendant qui la ramenait en prison.

L'exposition était close ; elle resterait, dans les mémoires, l'un des temps forts de la vie artistique londonienne. Les toiles de maître avaient regagné les musées, le Vermeer de la reine reposait de nouveau dans sa collection privée.

Deborah Cairo avait confié la totalité des œuvres accumulées par Sir Langston à un commissaire-priseur, chargé de les répartir entre les grands musées du monde. Seule la jeune fille au turban demeurait face à l'homme qui l'avait aimée au point d'en mourir. L'intendante s'était engagée à ne jamais descendre dans le sanctuaire ; à sa propre mort, la clé serait perdue, et l'on oublierait l'emplacement d'un caveau funéraire dont la divinité était une jeune fille peinte par un artiste obscur, devenu vedette malgré lui.

Ysi Toknow, habillée d'un sobre tailleur gris, sourit à Higgins.

– Un taxi m'attend : m'accompagnerez-vous à Londres ?

– Volontiers, mademoiselle. Un détail m'intrigue… la duplicité de Sir Langston ne vous a-t-elle pas déçue ?

– Il m'a ouvert les yeux sur la beauté, il était sincère, passionné, croyait en sa mission.

– Son âpreté au gain et son goût de la spéculation ne vous déplaisaient-ils pas ?

– Je l'ai méprisé, c'est vrai. Lui qui estimait que les flammes de l'enfer seraient trop douces pour les rapaces vivant de l'œuvre de peintres miséreux n'agissait pas autrement ! Ne trahissait-il pas son propre idéal ?

– Pour être sincère avec vous, j'ai songé que votre déception aurait pu vous conduire au meurtre.

Elle dévisagea l'ex-inspecteur-chef d'un regard de femme brutalement mûri par l'épreuve.

– Vous ne vous êtes pas trompé ; j'ai cherché comment l'assassiner, comment me débarrasser de l'être qui avait brisé mon rêve et détruit un monde magique où il m'avait lui-même emmenée. Il m'a volé une vie où seule la beauté comptait. J'ai tenté de me révolter, de saboter mes études à Bruxelles ; j'ai refusé d'apprendre, de travailler avec Linda ; j'ai essayé d'oublier Vermeer, de me jeter dans les bras de Gavin Jerphanion, et d'adopter les théories de l'art moderne… en pure perte.

– Vous l'a-t-il reproché ?

– Même pas. Rien ne pouvait l'atteindre.

Higgins posa la question qui lui brûlait les lèvres.

– Ne vous a-t-il pas offert un turban de soie dorée ?

Ysi fut troublée.

– Offert, non. Une scène curieuse, en vérité. Il est venu à Bruxelles, afin de discuter avec mes professeurs ; nous nous sommes retrouvés seuls dans ma chambre, il a sorti un turban de son attaché-case, m'a demandé de ne pas bouger, et l'a disposé sur mes cheveux. Puis il s'est écarté et m'a regardée longuement, comme s'il me voyait pour la première fois.

– A-t-il dit quelque chose ?

La jeune Eurasienne réfléchit.

– Il a murmuré : « C'est presque toi, presque... » Étonnée, je lui ai demandé des explications. « Plus tard », a-t-il répondu. Qu'est-ce que ça signifie, inspecteur ?

– Que vous avez eu beaucoup de chance, mademoiselle. Voulez-vous m'attendre un instant ? Il me reste une dernière tâche à accomplir.

Quand il pénétra dans le hall de Dutchfield Castle, Higgins pensa que, parfois, le destin se montrait clément. Ysi était passée à côté de deux catastrophes : devenir un assassin, ou devenir une victime. Nostalgique de la jeunesse de Linda, Sir Langston avait choisi celle d'Ysi. En elle s'incarnerait le portrait de Vermeer ; il lui aurait proposé le mariage afin d'épouser la jeune fille au turban. Comment Ysi aurait-elle réagi ? Choquée, serait-elle devenue une meurtrière ou aurait-elle subi la folie de son père adoptif ? Par bonheur, cette page-là était demeurée blanche.

Deborah Cairo, bien qu'elle figurât désormais au nombre des fortunes respectables de l'Empire, balayait la cuisine avec la même méticulosité qu'à l'époque où elle servait les intérêts de Sir Langston.

– Auriez-vous oublié quelque chose, inspecteur ?

– Oui, un point essentiel.

– Me concernant ?

– Votre seule responsabilité sera engagée, en effet.

Deborah Cairo, inquiète, serra les pans de son châle sur sa poitrine.

– Serait-il question de mon héritage ?

– Je vous prie instamment d'installer Joker à l'intérieur du château, dans une pièce correctement chauffée. Par principe, je suis hostile à l'inconfort des niches ; dans son cas, à son âge et avec ses rhumatismes, ce serait de la persécution.

*
**

Avant de grimper dans le taxi où l'attendait Ysi, Higgins dispensa une dernière caresse au berger écossais. Le soir même, il dormirait dans un endroit convenable et chaufferait enfin son vieux dos à un bon feu de bois. Lui, le témoin clé de l'affaire Langston Caine, n'en avait rien flairé, mais avait-il eu tellement tort ?

CET OUVRAGE A ÉTÉ REPRODUIT
ET ACHEVÉ D'IMPRIMER SUR ROTO-PAGE
PAR L'IMPRIMERIE FLOCH À MAYENNE
EN AVRIL 1993

Éditions du Rocher
28, rue Comte-Félix-Gastaldi
Monaco

Dépôt légal : avril 1993.
N° d'Édition : CNE section commerce et industrie
Monaco : 19023.
N° d'impression : 34053.

Imprimé en France